KB134351

아르슬란 전기

4

피땀에 물든 대륙공로

목 차

주요 등장인물

아르슬란 : 파르스 왕국 제18대 샤오(국왕) 안드라고라
스 3세의 왕자.

안드라고라스 3세 : 파르스 샤오.

타흐미네 : 안드라고라스의 아내이자 아르슬란의 어머니.

다륜 : 아르슬란을 섬기는 마르즈반(만기장萬騎長).
별명은 '마르단후 마르단(전사 중의 전사)'.

나르사스 : 아르슬란을 섬기는 전前 다이람 영주.
미래의 궁정화가.

기이브 : 아르슬란을 섬기는 자칭 '유랑악사'.

파랑기스 : 아르슬란을 섬기는 카히나(여신관).

엘람 : 나르사스의 레타크(몸종).

이노켄티스 7세 : 파르스를 침략한 루시타니아의 국왕.

기스카르 : 루시타니아의 왕제王弟.

보댕 : 루시타니아 국왕을 섬기는 이알다바오트 교의
대주교.

히르메스 : 은가면. 파르스 제17대 샤오 오스로에스
5세의 아들. 안드라고라스 3세의 조카.

암회색 옷의 마도사 : ?

자하크 : 사왕蛇王.

키슈바드 : 파르스의 마르즈반.

　　　　　 별명은 '타히르(쌍검장군)'.

아즈라일 : 키슈바드가 키우는 샤힌(매).

알프리드 : 조트 족장의 딸.

쿠바드 : 파르스의 마르즈반. 애꾸눈.

삼 : 파르스의 마르즈반. 히르메스를 섬긴다.

자스완트 : 아르슬란을 섬기는 신두라인.

메르레인 : 알프리드의 오빠.

루샨, 이스판, 자라반트, 투스 : 새로이 아르슬란을 섬기

　　　　　　　　　　　　　　　 게 된 자들.

이리나 : 마르얌 왕국의 공주.

에투알 : 본명은 에스텔. 루시타니아의 수습기사 소녀.

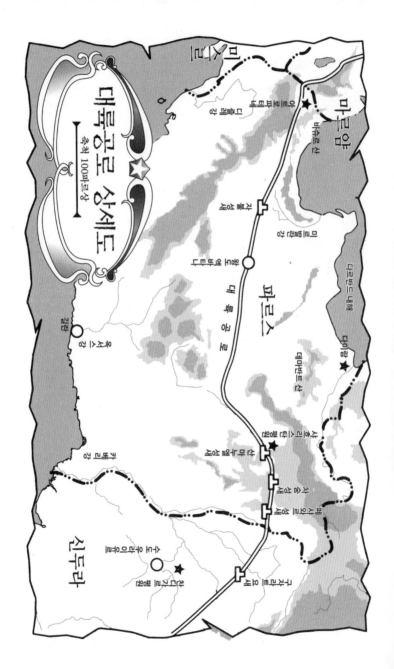

제1장 동쪽의 성, 서쪽의 성

I

　파르스 왕국의 동부 국경지대를 내달리는 여러 줄기의 가도는 무장한 병사와 군마의 무리로 뒤덮였다.

　파르스력 321년 4월, 꽃과 꿀벌의 계절이었다. 가도 양옆은 마취목馬醉木, 정류檉柳, 작약, 양귀비, 제비꽃, 데이지, 도깨비부채, 복숭아꽃, 금잔화 같은 다채로운 꽃들의 무리로 가득했고 말을 모는 기사들의 갑주에는 꽃잎이 떨어져 이채로운 아름다움을 자아냈다.

　그들의 목적지는 붉은 사암으로 지어진 페샤와르 성새였다. 이곳에서는 지금 파르스의 왕태자 아르슬란이 국토를 침략한 루시타니아의 대군에 도전하려 한다. 그가 띄운 격문에, 루시타니아군의 폭거를 증오하면서도 어떤 수단을 취해야 좋을지 망설이던 각지의 샤흐르다란

(제후) 및 영주들은 병사를 모아 아르슬란에게 달려가고 있었다.

그들은 페샤와르 성새 서쪽에서 합류한 다음 강에 부교를 설치하고 건너 왕태자에게 속속 모여들었다.

페샤와르 성새의 문은 동이 튼 후부터 해가 질 때까지 활짝 열린 채 번쩍이는 갑주의 무리를 빨아들였다. 지휘자들은 광장에 인접한 노대 밑에 말을 세우고 투구를 벗은 다음 아르슬란에게 경의를 표하면서, 어떤 자는 당당하게, 어떤 자는 긴장하여 이름을 댔다.

"레이 성주 루샨이라 하옵니다. 아르슬란 전하의 격문에 호응하여 루시타니아의 침략자들을 몰아내고자 달려왔습니다. 부디 전하께서 받아주셨으면 하옵니다."

"옥서스 영주 문지르의 아들 자라반트라 하는 자이옵니다. 투병 중인 아버지의 명령으로 아르슬란 전하를 섬기고자 이렇게 왔사옵니다. 전하의 명령을 받들 수 있다면 영광이겠나이다."

"안드라고라스 폐하로부터 마르즈반(만기장萬騎長)이라는 명예를 얻은 샤푸르의 동생 이스판이라 합니다. 죽은 형을 대신하여 전하를 위해 일하고자 합니다. 형의 원수인 루시타니아 놈들을 한 놈도 살려보내지 않겠습니다."

"이름은 투스라 하며 남방의 자라에서 수비대장을 맡

은 몸이었으나 이번에 동지들과 함께 달려왔나이다. 추종을 허락해 주시옵소서."

이처럼 고명한 기사들이 부하를 거느리고 잇달아 아르슬란에게 달려온 것이다.

루샨은 쉰 살이 넘었는데도 당당한 체구와 태도를 가진 인물로, 머리카락도 수염도 짙은 회색이었다. 자라반트와 이스판은 모두 20대 초반이었다. 자라반트는 다륜이나 키슈바드와 비교해도 뒤지지 않을 만큼 장한이었다. 뺨에만 수염을 기른 이유는 얼굴이 어리게 보이는 것을 꺼리기 때문인 듯했다. 이스판은 중간 키였으며 개펄에 자라난 갈대처럼 강인하고 다부진 몸과 투명한 호박색 눈동자를 가졌다. 투스는 20대 후반이었는데 드라흠(은화) 같은 눈동자를 가진, 그야말로 마르단(전사)다운 용모의 사내였다. 왼쪽 어깨에는 둘둘 말아놓은 강철 쇠사슬을 걸치고 있었다.

마르즈반 샤푸르의 동생인 이스판에게는 '파르하딘(늑대가 기른 자)'이라는 별명이 있다. 바주르간(귀족)이나 아자탄(기사) 계급 가문에서는 흔한 일이지만 주인이 노예 여자에게 손을 대 아이가 태어나는 경우가 있다. 정처는 이를 질투해 눈엣가시인 노예 여자와 자식을 쫓아내버리곤 한다. 이스판이 두 살 되던 해 겨울에 그는 어머니와 함께 산속에 버려지고 말았다. 아버지는 사정을 알면서도 가정에 풍파가 몰아치는 것을 두려워해 모른 척했다.

당시 열여섯 살인 샤푸르가 아버지의 무정함과 어머니의 잔혹함을 보다 못해 말을 타고 산속으로 달려갔다. 훗날 30대에 마르즈반이 되었을 만한 사내이니 열여섯 살에도 이미 어른들 뺨치는 기수였다. 식량과 물을 채운 가죽자루, 한기를 막기 위한 모피 같은 것을 말 등에 얹고 간신히 두 사람을 찾아냈다. 어린아이는 살아 있었다. 어머니는 자식의 조그만 몸을 몇 겹이나 되는 옷으로 감싼 채 자신은 얇은 홑옷 차림으로 동사한 상태였다. 샤푸르가 말에서 뛰어내리자 늑대 두 마리가 도망쳤다. 어린아이가 잡아먹힌 것은 아닐까 생각했지만 늑대는 아이 곁에 자신들이 사냥해온 토끼를 놓아두고 갔던 것이었다.

이리하여 이스판은 형의 손에 구출되었으며 무사히 성장했다. 샤푸르가 왕도로 떠나 장군이 된 후에는 형의 대리인으로 고향 집을 지켰다. 형의 죽음은 이스판에게 탄식을, 또한 분노를 가져다주었으나 루시타니아인에게 보복하러 나설 기회를 얻지 못한 채 오늘날에 이른 것이다.

그들이 엎치락뒤치락 북적거리면서도 어찌어찌 광장에 정렬하자 노대 안쪽의 문이 열렸다.

황금 투구를 쓰고 왼쪽 어깨에 샤힌(매) 아즈라일을 얹은 왕태자 아르슬란이 노대에 모습을 나타냈다. 올해 9월에 열다섯 살이 된다. 맑게 갠 밤하늘색 눈동자가 보는 이들에게 강한 인상을 주었다.

아르슬란의 왼쪽에는 키슈바드, 오른쪽에는 다륜이 따르고 있었다. 파르스가 자랑하는 두 마르즈반이었다. 제도상 파르스군에는 샤오(국왕)와 에란(대장군) 밑으로 열두 마르즈반이 있지만 아트로파테네에서의 패전, 왕도 에바타나이 함락, 신두라 원정이 이어지면서 다수 전사하거나 행방불명되고 현재 무사함이 확인된 것은 다륜과 키슈바드 둘뿐이었다. 그러나 이 둘만 있어도 그 위용은 대군을 압도하기에 충분하리라.

"파르스 만세! 왕태자 전하께 영광 있으라!"

자라반트가 처음으로 쩌렁쩌렁 울려 퍼지는 고함을 질렀다. 다른 샤흐르다란이나 기사들도 이에 화답하고, 페샤와르 성의 광장은 지축을 뒤흔드는 환성으로 가득 찼다. 무수한 검과 창이 하늘을 찔러댔으며 봄철 태양이 이를 반사해 빛의 파도가 넘실거렸다. 작년 말 신두라 왕국으로 원정을 개시했을 때를 능가하는 장관이었다.

광장 한구석에서 두 여성이 이 광경을 바라보고 있었다.

"굉장하네."

그렇게 감탄한 불그레한 머리카락의 소녀는 알프리드였다. 또 한 여성, 새까만 비단 같은 머리카락을 허리 아래까지 늘어뜨린 미녀가 웃으며 대답했다.

"그야말로 굉장하군. 저분은 파르스를 '크샤트라 바이랴(바람직한 왕국)'로 바꾸어주실 수 있을지도 모르겠네. 그러려면 주르반 아르카나(시간의 신)를 편으로 삼아야 하겠네만."

파랑기스가 웃자 은색 달빛이 수정잔에 반사되듯 형언할 수 없는 화려함이 배어났다. 미스라 신을 섬기는 카히나(여신관)로서, 또한 무예의 고수로서 주위 사람들에게는 몇 수 위의 상대로 추앙을 받는 여인이었다.

"우린 어쩌면 엄청난 역사의 무대에 있는 건지도 모르겠어. 아주 나중 시대에 가서 말이야, 음유시인 노래에 나오는 그런 일이 되는 거 아닐까?"

"알프리드, 그대에게는 지금 나르사스 경과의 연가戀歌가 어떤 결말을 맞을지가 절실하지 않겠나?"

파랑기스가 호의적으로 놀리자 조트 족 소녀는 매우 진지한 표정으로 생각에 잠겼다.

"응, 그건 물론 그렇지만 말이야. 그래도 올봄부터 어떻게 될지를 생각해보면, 이제까지 내가 살아왔던 것하곤 너무 많이 달라졌거든. 역시 왕태자 전하한테 도움이 되고 싶고."

"든든한 말씀 아닌가. 그대가 그렇게 자각한다면 왕태자 전하만이 아니라 나르사스 경에게도 좋은 결과가 올 것일세."

그건 그렇고, 사람이 늘면 일도 늘어난다. 격무에 쫓기던 나르사스와 다륜이 한숨을 돌리고 엘람이 끓여준 녹차를 마신 것은 한참이 지난 후였다.

"사실대로 말하자면 말일세, 나르사스. 나는 별로 기대하지 않았어. 이렇게 많은 샤흐르다란이 전하께 모여들 줄은."

다륜이 그렇게 대화를 시작하자 나르사스가 가볍게 웃었다.

"자네가 왜 그렇게 우려했는지는 이해해. 굴람(노예) 해방령이 바주르간이나 토호들의 반발을 사서 아군이 모이지 않을 거라 생각했겠지."

"바로 그걸세. 아무리 생각해도 그들에게 득이 될 것이 없으니 말일세. 전하가 자상하고 올곧은 분이라는 사실이야 잘 알지만, 솔직히 나는 자네가 그 폐지령을 명문화하리라곤 생각도 못했네."

다륜은 굴람 제도 폐지는 아르슬란이 샤오가 되어 불가침의 권력을 쥔 후에 단행하면 된다고 생각했다. 굳이 처음부터 솔직하게 '이런 일을 할 생각이다.' 하고 선언할 필요도 없지 않은가.

나르사스가 다시 한 번 웃었다.

"샤흐르다란들은 나름대로 의도도 있거니와 계산도 있을 걸세. 그 굴람 제도 폐지령에는 한 가지 미묘한 점이 있거든."

나르사스가 지적한 부분은 굴람 제도 폐지령에 기재된 전제 조건이었다. 파르스 국내의 굴람이 모두 해방되고 인신매매가 금지되는 시기는 '아르슬란이 샤오로 즉위한 후'일 뿐 지금 당장은 아닌 것이다. 물론 나르사스의 생각이었다. 무엇보다 현재 시점에서 이를 단행해봤자 실제로는 효과가 없을 테고, 자칫하면 굴람 제도의 존속을 바라는 제후가 이를 조건으로 루시타니아 측에 붙을 우려도 있다.

샤흐르다란들의 입장에서는 루시타니아군과 싸우기 위한 맹주로 아르슬란 왕태자를 받들 수밖에 없다. 그런데 아르슬란이 파르스 전토를 회복하고 샤오가 되었을 때 샤흐르다란이 재산으로 소유한 굴람은 모두 해방되고 만다. 이는 그들에게 크나큰 모순이다.

아무리 파르스의 국토와 왕권을 회복하기 위한 정의의 싸움이라 해도 그 결과 자신들에게 큰 손해가 미친다면 샤흐르다란이나 바주르간들이 열심히 매달릴 리가 없다. 그들을 한편으로 삼기 위해서는 꼼수가 필요했다. 다시 말해 샤흐르다란들에게 다음과 같은 착각을 하게 만드는 것이다.

아르슬란 왕자는 즉위하면 굴람 제도를 폐지하겠다지만, 왕자에게는 샤흐르다란의 힘이 필요하다. 샤흐르다란이 왕자를 위해 공적을 세우고 또한 목소리를 모아 굴람 제도 존속을 요구하면 왕자도 거부는 못하지 않겠는가. 조바심 낼 것 없다. 굴람 제도 폐지령 따위 어차피 물거품이 되어 사라질 텐데⋯⋯.

나르사스의 설명을 듣고 다륜은 어이없다는 눈으로 벗을 바라보았다.

"그렇다면 결국 샤흐르다란들을 속인 것이 아닌가, 나르사스. 어차피 그들의 요구를 받아들일 마음도 없으면서."

"그런 해석이 성립될 여지도 있겠군."

심술궂은 미소를 지으며 나르사스는 녹차를 홀짝였다.

"하지만 샤흐르다란들이 제멋대로 무슨 생각을 하든 그건 전하의 책임이 아닐세. 전하께 올바른 길이란 전하 자신의 힘과 덕으로 국토를 회복하고, 낡은 시대보다는 공정한 정치를 펼치시는 데 있으니 말일세."

개혁이란 모든 사람을 행복하게 해주는 것이 아니다. 그때까지 불공정한 사회제도 밑에서 이익을 얻었던 사람들은 개혁으로 손해를 본다. 굴람들이 자유로워지면 샤흐르다란이 굴람을 소유할 자유는 사라진다. 결국 어느 쪽을 중히 여기는가에 달렸다. 하나에서 열까지 다 좋아질 수는 없다.

"다륜, 나는 아르슬란 전하께는 신비한 감화력이 있다고 생각하네."

"그 점에 대해서는 완전히 동감하네만."

"따라서 말일세. 파르스의 국토를 회복할 몇 년 동안 샤흐르다란이 전하의 생각에 물들 수도 있을 거라고 보네. 그렇게 되면 좋고, 안 됐을 때는 다시 한 번 자네의 무용과 내 책략이 필요해지겠지."

II

병력은 급격히 불어났다. 페샤와르 성내에 인마가 다 들어올 수 없어 성 밖에 천막을 치고 야영하는 자도 많았다.

그저 병사가 모인다고 좋은 것도 아니다. 10만 병사가 모이면 한 달에 900만 끼니의 병량이 필요하다. 게다가 군마의 먹이도 있어야 한다. 군대란 생산에 기여하는 일 없이 물자만 소비하므로 본래 그 수를 최소한도로 두어야 하는 법이다.

"나 원. 병사가 모이는 만큼 병량도 모여주면 좋으련만."

나르사스는 왕태자 아르슬란의 명에 따라 정식으로 사트라이프에 임명되었다. 이는 왕태자가 샤오를 대신해 국정을 맡고 있을 때 이를 보좌하는 자에게 주어지는 지위였다. 사실상의 재상이며 다른 신하들보다 우선시되는 지위이고, 어전회의의 서기를 맡기도 한다. 매우 중요한 역할로 공문서의 초안도 작성한다. 얼마 전 아르슬란의 격문을 나르사스가 작성했던 것도 사트라이프로서 했던 일이었다.

사트라이프 나르사스는 파르스 왕국의 임시정부나고 해야 할 왕태자부王太子府 조직을 신속하게 추진했다. 우선 왕태자부를 문치 부문과 군사 부문으로 나누고, 문치 부문을 다시 회계, 토목 등 여덟 개 작은 부문으로 나누어 각각 책임자를 두었다. 그중에서도 특히 중요했던 것이 회계 부문을 담당할 책임자의 인선이었다.

나르사스가 회계감으로 등용한 사람은 파티아스라는 인물로, 큰 카라반의 부단장을 맡았던 서른 살 정도 되는 남자였다. 한때 남쪽의 항구도시 자라의 관공서에서 회계 담당 서기관을 지냈던 적도 있었다. 나르사스가 디비르(궁정서기관) 자리에 있을 때, 자라에서 보내는 서류가 갑자기 흠 잡을 데 없이 정확하고 깔끔해져 이상하게 여기고 서류를 작성한 사람에 대해 알아본 적이 있었다. 그런 파티아스가 왕도를 탈출하여 두 달 만에 페샤와르 성에 도달했으므로 나르사스는 냉큼 그에게 중대한 임무를 맡겼던 것이다. 계산이 빠르고 문서에도 강하며 지방이나 상업의 실상에도 밝은, 얻기 힘든 인재였다.

그렇게 지내던 어느 날, 나르사스의 서류 처리를 거들던 엘람이 물었다.

"나르사스 님, 아르슬란 전하께서 하시는 일은 후세에 어떤 평가를 받을까요?"

"결과에 따라 다르겠지."

나르사스의 대답은 냉정했다.

"아르슬란 전하께서 왕으로서 성공한다면 관대하고 신의가 있는 인물이라는 평가를 받을 게다. 반대로 실패한다면 샤흐르다란의 충고를 무시하고 무리한 개혁을 추진했으며 정에 빠져 그릇된 판단을 내렸다는 말을 듣겠지. 어느 쪽이 될지는 아직 알 수 없어."

"모두 결과에 달린 건가요?"

"왕이란 괴로운 법이란다. 무엇을 하려 했는지가 아니라 무엇을 해냈는지에 따라 평가가 정해지거든. 어떠한 이상을 가졌는지가 아니라 어떠한 현실을 지상에 가져왔는지에 따라 명군인지 폭군인지, 선왕인지 악왕인지 판정이 내려지지."

"혹독하네요……."

엘람이 중얼거리자 나르사스는 밝은 색깔의 머리카락을 한 손으로 쓸어 넘겼다.

"하지만 그런 평가 방법이 아마 옳을 거다, 엘람."

그렇지 않으면 자기 혼자만의 이상을 위해 백성을 희생하는 왕이 나타난다. 좋은 생각을 했으니 실패해 많은 희생을 치렀더라도 상관없다는 식이어서는 민중이 구제받지 못한다. 물론 자신의 권세와 이익을 위해 왕위를 탐한 자는 말할 나위도 없다.

"그러니 나는 왕 같은 거 되고 싶지 않아 더 편하게 사는 게 좋지. 왕의 고생은 아르슬란 전하가 해주시면 돼."

그렇게 농담처럼 말한 나르사스는 다시 서류에 눈을 떨구었다. 나르사스를 방해하지 않도록 엘람은 가만히 방을 나갔다.

바쁜 사람은 나르사스만이 아니었다. 근위무사가 된 자스완트는 아르슬란의 방문 앞에 이불을 깔고 검을 끌어안은 채 잤다. 아르슬란 진영의 병력이 급격히 팽창했으므로 페샤와르 성내를 낯선 자들이 활보하고 다니게 되었다. 그중에 루시타니아군과 손을 잡은 자객이 섞여있을지도 모르는 일이다.

낮에는 파랑기스도 아르슬란의 곁에서 수상쩍은 자가 왕자에게 다가오지 못하도록 했다. 그러나 여성의 몸이니 밤에는 자신의 방으로 돌아간다. 과거에는 용장 다륜이 아르슬란의 방문 앞에서 검을 끌어안고 잤지만 마르즈반인 그는 본래의 업무가 바빠졌으므로 자스완트가 이를 맡았던 것이다.

그건 다행이지만, 페샤와르 성의 지리에 어두운 자라반트가 밤에 자신의 방으로 돌아가려다 길을 잘못 들어 아르슬란의 방 앞까지 와버린 적이 있었다. 하마터면 자스완트를 밟을 뻔해 대뜸 꾸지람을 들어야 했다.

자스완트에게는 이것이 왕태자에 대한 충성심의 표현이었다. 그렇지만 자라반트의 처지에서 본다면 이 외국인은 왕태자의 측근이라는 사실을 믿고 우쭐대며 신참을 무시한다고 생각할 만했다. 자스완트의 파르스어가 생경하고 어조가 딱딱했던 것도 오해의 원인이 되었다. 자라반트는 속이 뒤틀려서 장화 굽으로 바닥을 구르며 소리를 질렀다.

"외국인 주제에 왕태자 전하의 측근 행세를 하다니, 주제를 몰라도 분수가 있지. 냉큼 너희 나라로 돌아가 물소나 치며 살아!"

통렬한 모욕에 자스완트의 표정이 굳으며 갈색 피부에 핏기가 솟았다. 한 걸음 앞으로 나섰다.

"다시 한 번 말해봐라, 무례한 놈."

"이거 재미있군. 검둥개가 시뻘겋게 변했는데."

파르스인이 신두라인을 모욕할 때는 검둥개라 부르는

경우가 많다.

자스완트에게 파르스어는 모국어가 아니다. 마음껏 되받아쳐주고 싶었으나 창졸간에 파르스어가 떠오르질 않았다. 크게 숨을 토해내더니 신두라어로 반격했다.

"시끄럽다! 내가 검둥개라면 네놈은 뭐냐. 얼빠진 낯짝으로 먹이를 훔쳐 먹고 자빠져 잠이나 자다가 목이 졸려 죽은 당나귀와 다를 바 없지 않나!"

자라반트는 신두라어를 모른다. 그러나 칭찬이 아니라는 것은 명백했으므로 자스완트 이상으로 머리와 얼굴에 핏기가 솟았다. 신두라 젊은이를 노려보며 대검 자루에 손을 가져다댔다.

"신두라의 검둥개 주제에! 문명국 파르스의 예의범절이 뭔지 가르쳐주마. 검을 뽑아라!"

말을 마쳤을 때 이미 대검은 칼집에서 반쯤 나와 있었다. 도전을 받고 움츠러들 자스완트가 아니었다. 자신도 검을 뽑아, 두 사람은 하필이면 왕태자의 침실 앞에서 1대 1 대결을 벌이려 했다.

이때 아르슬란은 엘람과 함께 나르사스의 방에서 세리카의 병법서를 배우는 중이라 자기 침실에 없었으므로 이 소란을 몰랐다.

바로 검과 검이 부딪치려던 순간, 어스름한 공기가 부웅 소리를 냈다. 자스완트와 자라반트가 흠칫 뛰어 물러나니 그들이 있던 한가운데 바닥에 창이 박혀 긴 자루를 떨고 있었다.

창을 던진 자는 말없이 두 사람의 시야에 모습을 드러냈다. 노성을 터뜨리려다 두 사람은 한순간 말을 잃었다.

"키, 키슈바드 경······."

자라반트가 정색을 하며 자세를 반듯이 했다. '타히르(쌍검장군)'라는 별명을 가진 키슈바드는 자라반트에게는 무신武神과 같은 사람이다. 자스완트에게도 윗사람이다. 혈기가 왕성한 두 사람 사이에 서더니, 타히르는 조용히 입을 열었다.

"왕태자 전하의 뜻은 우리 모두의 협동과 융화다. 그대들은 그 뜻을 모두 받아들였을 터. 전하를 섬기는 자끼리 무의미하게 피를 흘려 루시타니아인들을 기쁘게 할 필요는 없지 않겠는가."

"하오나 이놈이 무례하게도!"

이구동성으로 말하려던 두 사람의 얼굴 위를 키슈바드의 날카로운 시선이 한 차례 훑었다.

"불복하겠다면 나 키슈바드가 상대해주지. 왼손과 오른손으로 그대들을 동시에 상대해줄 수도 있네만, 어떤가? 타히르의 목을 날릴 수 있을지 한번 해 보겠나?"

키슈바드의 발언에는 자기모순이 있었으며 당사자도 이를 잘 알았으나, 위엄이며 박력이며 명성이 자스완트와 자라반트에게 반론을 허락하질 않았다. 두 사람 모두 마지못해 검을 거두고, 서로의 무례를 사과하며 물러났다. 물론 진심으로 화해한 것은 아니어서 그 후로도 시선이 마주친 순간 콧방귀를 뀌며 고개를 돌려버리는 사이가 되었으나, 일단 분화는 피한 셈이었다.

III

"정正한 책략에 섞을 기휼한 책략이 필요하겠군. 늘 있는 일이지만."

바닥에 열 장도 넘는 지도를 펼쳐놓고 책상다리로 앉은 나르사스가 혼잣말처럼 중얼거렸다. 그의 반대편에서는 다륜도 함께 지도를 들여다보고 있었다.

루시타니아인의 침입이 파르스의 역사에 거대한 변곡점이 될지, 단순한 사고로 끝날지는 아마 향후 1년 안에 결정될 것이다. 아트로파테네의 패전이나 왕도 엑바타나 함락 등은 틀림없는 비극이었지만 피해를 회복할 방법은 얼마든지 있다. 루시타니아인을 몰아낸 다음에 옛 파르스 위에 어떠한 국가가 세워질지, 나르사스는 거기까지 생각하고 있었다.

신두라에 원정을 나간 동안 나르사스는 백 명 남짓한 사람을 파르스 국내로 파견해 자세한 지도를 만들게 했다. 하나의 길에 여러 사람을 보내, 각자의 보고에서 우수한 점만을 간추리는 주도면밀함을 보였다.

"어떠한 대국이라도 지도 한 장만 있으면 전하를 위해 그 나라를 차지해 드리겠습니다."

나르사스는 아르슬란에게 이렇게 말한 적이 있다. 나르사스의 책략이나 전법은 마치 기적처럼 보이지만 그 밑바닥에는 정확한 상황 인식과 판단이 있다. 그러기 위해 국내외의 양상을 알고 정보를 수집해야 한다. 지도 한 장이 있으면 나르사스는 머릿속에 정확하고도 선명한 풍경을 그려낼 수 있는 것이다.

"그런 주제에 막상 본인이 그림을 그리면 어째서 그렇게 목불인견인지. 손은 머리만큼 움직이지 않는 건가?"

벗인 다륜은 이상하게 생각했다. 생각하면서도 본인 또한 열심히 지도를 보며, 여기에 이렇게 병사를 매복시키고, 이 길을 따라가 적의 배후로 나가고…… 하면서 용병 연구에 힘썼다.

"파벌을 만드셔서는 안 됩니다. 파벌은 바위에 난 균열이니까요."

나르사스는 왕태자에게 그렇게 진언했다. 옛날부터——라고는 해도 작년 가을 아트로파테네 회전 이후일 뿐이지만, 아무튼 전부터 아르슬란을 섬기던 자와 새로이 섬기게 된 자들이 각각 파벌을 만들어 항쟁하는 일이 있어서는 루시타니아군과 싸울 수가 없다. 자스완트와 자라반트의 사건 이후 특히 이는 중요한 과제가 되었다.

"나르사스의 말이 옳다 생각하네. 어떻게 하면 새로 와준 이들이 불만을 품지 않겠는가?"

"어디 보자. 일단 사트라이프를 갈아치우심이 어떨는지요. 지금 인물은 어려서 관록이 없으니까요."

아르슬란은 눈을 크게 떴다가 웃음을 터뜨렸다. 지금 인물이라면 곧 나르사스 본인이 아닌가.

"그러면 나르사스는 누가 사트라이프에 어울린다고 생각하나? 의견을 들려주게."

"허락을 얻어 아뢰옵니다. 루샨 경이 좋지 않을까요. 연장자이기도 하고, 사리 분별도 뛰어난 분이라 샤흐르다란들에게 인망도 있지요."

"나르사스는 그래도 괜찮겠나?"

"이것이 최선이라 생각합니다."

"그러면 그대 말대로 하세."

이리하여 나르사스는 사트라이프 자리를 겨우 보름 만에 걷어차버리고 말았다. 새로이 그가 취임한 자리는 포사트였다. 이는 왕태자 아르슬란에게 직결된 군령과 군정을 책임지는 자리이므로, 요컨대 군사 역할은 그대로였다. 지위로 따지면 물론 사트라이프만큼 높지는 않지만 전장에서는 이만큼 중요한 직무도 없다.

지위 따위 나르사스에게는 별로 중요하지 않았다. 군을 움직이고 전략을 정하고 전술을 구사할 권한은 필요했으므로 포사트라는 지위에 오르기는 했지만, 이것도 달리 탐내는 사람이 있으면 양보해도 상관이 없었다. 사실 나르사스에게는 궁정화가라는 이상적인 자리가 있으니까.

사트라이프라는 지위에는 재략보다도 오히려 인망이 더 필요하다. 게다가 어느 정도의 나이, 지위, 관록, 경험, 지명도 같은 것들이 요구된다. 나르사스의 이름은 지략가로서 온 파르스에 널리 알려졌으나, 안드라고라스 왕의 궁정을 뛰쳐나온 경위 때문에 낡은 체질을 가진 바주르간이나 토호들 사이에서는 그를 기피하는 자도 많다.

아르슬란 진영 전체를 총괄할 사트라이프는 아군의 기피를 사서는 안 된다. 나르사스는 처음부터 사트라이프 지위에 오르지 않아도 상관없었지만, '지위를 양보한다'는 형식이 필요할 때도 있는 법이다.

이렇게 군대와 정권이 조직되어가니, 바람이라는 말에 구름이라는 안장을 얹어 이리저리 떠돌아다니는 기브 같은 자에게는 약간 불편한 일면도 생겼다. 그가 장수로서도 꽤 재능이 있다는 사실은 신두라 원정 때 증명된 바 있지만, 무엇보다도 그의 기질 때문에 명령을 내리거나 받는다는 것이 귀찮기 이를 데 없었다. 하물며 명령하는 사람이 아르슬란 왕태자나 군사 나르사스라면 모를까, 지위만 높은 샤흐르다란이나 바주르간이라면 지나치게 역부족이었다.

'너희 같은 놈들보다 내가 훨씬 더 왕태자 전하에게 도움이 되고 있다고. 나중에 온 주제에 거들먹거리지 마.'

기이브는 그런 기분이었다. 물론 그런 기분이 들었다는 사실을 스스로 깨달은 후에는 혀를 차고 싶어졌다. 자유롭게, 내키는 대로, 주군 따위 만들지 않고 파르스의 하늘과 바람을 벗 삼아 살아왔던 자신이 누군가의 신하로서 평생을 마감한다는 것도 참으로 이상한 일이라 생각했던 것이다.

한번 어깨를 으쓱한 기이브는 자기 방의 노대로 나가 우드를 켰다. 몽환적일 정도로 아름다운 선율이 흘러나오자 기질이 거친 병사들도 멀리서 귀를 기울였다.

'사오슈얀트(해방왕) 아르슬란'이라는 이름을 처음 입에 담은 자는 기이브였다. 이 우아한 외견과 당차면서도 비뚤어진 내면을 겸비한 청년은 아르슬란 개인에게 적잖은 호의와 관심을 품었으면서도, 이로 인해 조직의 일부가 되어 귀찮은 인간관계에 얽히고 싶지는 않았다.

그가 아르슬란 이상으로 관심을 기울이는 파랑기스는

어떠한 환경 변화에도 견딜 수 있다는 태도여서 유유자적한 모습이었다. 알프리드는 때로는 나르사스에게 달라붙어 엘람과 이러쿵저러쿵 다투는가 싶으면 금세 파랑기스에게 달라붙어 무예나 글을 배웠다. 저마다 자기 생각을 가슴에 품고, 머지않아 다가올 왕도 탈환의 날에 대비하는 것 같았다. 신참인 이스판이나 자라반트도 검술을 연마하고 애마를 조련하며 출진의 날을 기다렸다.

새로이 사트라이프의 지위를 얻은 루샨은 지위를 노리고 아르슬란의 곁에 달려온 것은 아니었으나 높은 평가를 받았으니 기쁘지 않을 리 없었다. 당연히 그는 아르슬란에게도 나르사스에게도 호의를 품고 아르슬란 진영 전체를 총괄하는 업무에 적극적으로 임했다. 루샨이 샤흐르다란들 사이를 조정하고 설득하면 누구도 거절할 수 없었다. 나르사스의 인사가 멋들어지게 성공한 셈이다.

루샨이 아르슬란 진영 내부를 다져준 덕에 나르사스는 뛰어난 지모를 루시타니아인들과 싸우기 위한 작전을 세우는 데에 집중할 수 있었다. 그리고 어느 날, 기이브를 자신의 방으로 초대해 무언가를 의논했다. 의논이 정리되자 기이브는 기묘하게 후련해진 표정으로 방을 나왔다…….

이리하여 페샤와르 성에서 아르슬란 왕태자군의 진용

이 완성되어갈 무렵, 파르스의 다른 지역에서도 상황에 변화가 일어나기 시작했다.

IV

엑바타나. 본래는 영웅왕 카이 호스로 이후 300년 이상에 걸쳐 파르스의 왕도였다. 지금은 작년 11월 이후 루시타니아군에게 무력점령당한 상태이다.

루시타니아 국왕 이노켄티스 7세는 '오른발을 몽상의 연못에, 왼발을 망상의 늪에 담고 있다'는 험담을 듣는 자로, 일국의 통치자로서 갖추어야 할 역량도 재능도 없었다. 원래 강대국이 아니었던 루시타니아 왕국이 마르얌 왕국을 멸망시키고 파르스 왕국을 제압할 수 있었던 것은 어디까지나 왕제 기스카르의 공적이라 해야 할 것이다.

왕제 기스카르는 루시타니아의 재상이자 군 최고사령관이기도 해서, 그가 없으면 정부도 군대도 제대로 돌아가질 않는다. 루시타니아는 정치 조직도, 법률 제도도 아직 충분히 갖추지 못한 나라이므로 개인의 역량이나 수완에 기대는 부분이 컸다. 기스카르가 무능했거나 병약하기라도 했으면 루시타니아는 이미 옛날에 멸망했을지도 모른다.

그런 기스카르는 아침을 먹은 직후 형왕의 호출을 받았다. 동생이 찾아오자마자 이노켄티스는 두 팔을 벌렸다.

"오오, 사랑하는 동생아."

이렇게 운을 뗄 때면 기스카르는 진저리를 쳤다. 이 말 다음에는 어려운 문제가 이어질 것이 뻔하기 때문이다. 왕의 동생으로 태어났으면서 올해로 만 서른여섯 살을 맞는 그는 이제까지 이 말을 천 번 정도는 들었던 기억이 있다. 이노켄티스에게는 기스카르가 참으로 믿음직한 문제해결사일 것이다. 아무리 애정을 쏟아부어도 아깝지 않다. 기스카르에게는 지독한 민폐였지만.

동생의 내심도 모르고 왕은 말을 이었다.

"파르스의 왕당파 놈들이 신도 두려워하지 않고 무서운 짓을 저지르려 한다는구나. 대체 어떻게 해야 좋겠느냐."

"그야 형님, 아니, 국왕 폐하의 마음에 달리지 않았겠소."

"짐의 마음에?"

"그렇지요. 놈들과 싸우시겠소, 아니면 강화를 맺으시겠소?"

짓궂게 되물었다. 형왕이 눈을 껌뻑거리는 모습에 즐거워하다니 좋지 못한 취미이기는 하지만, 이 정도 즐거움이라도 없다면 왕제라는 손해 보는 역할을 계속할 수 없다. 게다가 형이 눈을 껌뻑거리는 동안 기스카르 자신도 사안을 정리할 수 있다.

"오오, 좋은 생각이 있다. 우리에게는 귀중한 인질이 있지 않느냐."

"인질이라 말씀하셨소?"

"그, 그렇고말고. 동생아, 생각해보아라. 지하감옥에는 파르스의 샤오가 유폐되어 있지 않느냐. 그자가 인질이지. 샤오의 목숨이 아깝거든 병사를 거두라고 하는 게다. 그러면 놈들은 속수무책이겠지."

자신의 명안에 도취된 것처럼 이노켄티스 7세는 두 손을 연신 쥐었다 폈다 했다. 그 앞에서 기스카르는 뚱하니 생각에 잠겼다. 왕의 눈에는 동생의 얼굴이 비치기는 해도 보이지는 않는 모양이었다.

'형도 생각만큼 바보는 아니군.'

기스카르는 의외라는 기분을 느낄 수밖에 없었다. 이노켄티스 7세의 발상은 기스카르가 이미 옛날에 고려한 것이기도 했기 때문이다. 그렇다고는 하나 기스카르는 한 걸음 더 나아가 궁리하고 있다. 지하감옥에 유폐된 파르스 샤오 안드라고라스 3세의 존재는 양날의 칼이나 마찬가지다. 만일 안드라고라스를 죽인다면 유일한 왕위계승자가 된 아르슬란 왕자를 중심으로 파르스군이 대동단결하여, 루시타니아에게는 오히려 성가신 결과를 가져올지도 모른다.

"어떠냐. 좋은 생각 아니냐, 동생아."

이번에는 '사랑하는'이라는 형용사를 쓰지 않고 말한 이노켄티스는 현란한 원색 옷을 걸친 가슴을 젖혔다.

"고려해볼 여지는 있겠소."

기스카르는 그렇게 대답했다. 안드라고라스의 신변과 목숨은 루시타니아에게는 최후의 무기였다. 함부로 쓸 수는 없다.

게다가 또 한 가지, 계산을 복잡하게 만드는 요소가 있다. 말할 것도 없이 파르스 왕비 타흐미네의 존재였다.

사실 타흐미네는 루시타니아군의 포로이며 인질로는 안드라고라스에게 필적하는 가치가 있어야 한다. 그러나 타흐미네를 인질로 삼을 수는 없다. 루시타니아 국왕 이노켄티스 7세 자신이 타흐미네에게 집착하기 때문이다.

기스카르가 보기에는 타흐미네가 이노켄티스의 구애를 받아들일 리 없다는 것쯤은 명백했다. 그 여자가 신비로운 미소 안에 무엇을 숨겼든 이노켄티스 7세를 진심으로 사랑하는 일만은 절대 있을 수 없다. 기스카르는 그렇게 생각했다. 그러나 당사자인 이노켄티스 7세는 그렇게 생각하지 않는다. 그 점이 문제인 것이다.

'그 여자를 붙잡은 지 이미 반년이 지났지 않나. 슬슬 포기해도 좋으련만.'

기스카르는 그렇게 생각했지만 이노켄티스에게는 물론 다른 생각이 있다.

"우리 루시타니아가 이알다바오트 신에게 귀의한 것은 첫 포교로부터 500년이 지난 후였지. 짐이 타흐미네의 마음을 얻는 데 몇 년이 걸린다 해도 포기하지 않겠다."

기스카르는 제발 작작 좀 하라고 소리치고 싶은 심정이었다. 형왕은 현실을 무시하고 달콤한 꿈에 젖으면 그만이지만 기스카르는 그럴 수만도 없다. 일국의 운명을 짊어진 책임은 모조리 기스카르의 두 어깨에 걸린 것이다.

"어찌 됐든 잘 부탁한다, 동생아. 짐은 이제 신께 기도를 드려야 하느니라."

형의 목소리를 등으로 들으며 기스카르는 왕의 방을 나왔다. 복도에 봄철 햇살이 쏟아지고 있지만 이를 감상할 마음도 들지 않았다.

그때 한 사내가 다가왔다. 기스카르 밑에서 행정 실무를 처리하는 궁정서기관 오르가스였다. 이자도 역시 겨울철 흐린 하늘처럼 음습한 표정이었다.

"왕제 전하, 마침내 급보를 알려드리게 되었습니다."

"무슨 일인가, 대체."

"예, 용수로 때문입니다."

"아, 보댕 놈이 파괴하고 간 용수로 말이군. 보수공사는 진척이 없나?"

오르가스의 보고는 그리 유쾌하지 못했다. 지난번에 대주교 보댕이 왕도에서 도망치며 엑바타나 북쪽의 용수로를 파괴하고 가버린 것이다. 겨울에는 어떻게든 필요한 물을 확보할 수 있었으나, 봄부터 여름까지는 농경에 필요한 물의 양도 현저히 증대한다. 심각한 물 부족 사태가 다가오고 있었다. 기스카르의 마음이 한층 더 무거워졌다.

"곧 갈수기가 시작될 것입니다. 공사 인원을 늘리고 싶사오나, 그게 좀처럼……."

오르가스는 한숨을 쉬었다.

이때 기스카르의 마음에 한 가지 사안이 움직이고 있었다. 차라리 왕도 엑바타나를 포기하고 왕태자 아르슬란의 군대에 내줄까 하는 생각이었다.

원래 기스카르는 파르스의 국토에도, 엑바타나에도 별다른 애착이 없었다. 보댕 때문에 용수로가 파괴되어 무더운 여름을 맞은 엑바타나가 말라붙어버리기라도 하면 엑바타나에 집착할 필요는 없지 않겠는가.

엑바타나 성내에 남은 파르스의 금은보화를 모조리 반출하고 엑바타나에 불을 지른다. 주민도 루시타니아의 노예로 끌고 간다. 아르슬란이 엑바타나에 도착했을 때 그가 손에 넣을 것이라고는 불에 타 텅 빈 도시뿐이다. 엄청나게 실망하겠지.

'진지하게 생각해볼 가치가 있을지도 모르겠는걸. 일단 파르스 국외로 퇴거했다가 아르슬란 놈이 절망에 빠졌을 때 다시 쳐들어와도 되지 않겠나.'

어찌 됐든 당장 결정해 실행할 수 있는 일은 아니다. 속히 공사 인부를 2천 명 늘리겠다고 약속하고 오르가스를 물러나게 했다.

"나 원, 할 일이 너무 많군. 파르스를 정복한 후로 영토보다도 골칫거리가 더 늘어난 것 아닌가? 이렇게 될 리가 없었는데."

기스카르는 이번에는 누구에게도 거리낌 없이 크게 혀 차는 소리를 냈다. 용수로 수리에 투입된 병사들을 불러들이지 않으면 아르슬란의 침공에 대응할 수도 없다. 어느 쪽을 우선시해야 할까.

아무래도 이알다바오트 신은 충실한 신도에게 안식을 내리지 않으려는 모양이었다. 그날 적황색 태양이 중천에서 서쪽으로 기울어져갈 무렵, 서쪽에서 온 전령이 엑바타나의 성문으로 들어섰다. 그 시각, 기스카르는 아직 집무 중이었다.

"왕제 전하께 아뢰옵나이다. 은가면 경이 얼마 전 반도들이 농성하던 자불 성을 함락시켰사옵니다. 일각이

라도 빨리 보고를 드리라는 명령을 받들어 이렇게 달려
왔나이다."

"호오, 함락됐나."

기스카르는 슬쩍 눈을 크게 뜨며 고개를 끄덕였다. 드
디어 많은 문제 중 하나가 해결되었다고 생각한 것이다.

V

은가면 경이라는 별명을 가진 히르메스는 자불 성을
포위한 채 봄을 맞이했다.

첫 출격으로 2천여 병력을 잃은 루시타니아 성당기사
단 템페레시온스는 그 후로 난공불락이라 일컬어지는
요새에 틀어박혀 나올 줄을 몰랐다. 이래저래 유인해봤
지만 출격하질 않았다. 어찌 됐든 템페레시온스는 고립
되었으며 그들이 자멸하기를 여유 있게 기다리면 되겠
지만 히르메스는 그리 느긋할 수만은 없었다. 아르슬란
거병 소식이 그에게도 도착했기 때문이었다. 히르메스
는 과거 마르즈반이었던 삼을 불러 의논했다.

"삼, 들었는가. 안드라고라스의 자식놈 이야기를."

"아르슬란 전하의 거병 말씀이십니까. 저도 들었습니다."

"전하라는 호칭은 정통한 왕족에게만 허용되는 것이
다."

그렇게 내뱉은 후, 히르메스는 팔짱을 끼고 생각에 잠
겼다. 그가 루시타니아인들 사이의 항쟁에 말려들어 황
야에서 성을 포위한 동안 아르슬란은 착실하게 무력을
얻어 파르스 왕당파의 맹주로서 지위를 확립해나가고
있다. 조속히 자불 성을 함락시키고 히르메스 자신의
근거지를 확립해야만 했다. 그는 황야의 아지랑이 속에
흐릿하게 보이는 자불 성의 암벽을 바라보며 옛 마르즈
반에게 물었다.

"삼, 암벽 안에서 농성 중인 지저분한 사마귀들을 어
떻게 하면 끌어낼 수 있을지 그대에게는 생각이 있지 않
나?"

은가면의 표면에 햇살의 파편이 부딪쳐 무지개색 광
채를 발했다. 그때 삼은 환영 같은 풍경을 보았다. 죽은
아버지 오스로에스 5세에게서 왕위를 물려받아 당당히
왕궁과 전장에 임하는 젊은 샤오의 모습이 허공에 떠올
랐다가 사라진 것이다.

'생각해보면 이분도 불행한 운명을 짊어지셨지. 무용
도 그렇고 지략도 그렇고, 제대로 성장했다면 뛰어난
샤오가 되셨을지도 모르는 것을.'

삼은 그렇게 생각하고 가슴 아프게 여기기도 했으나
입에 담지는 않았다. 히르메스가 원하는 것은 외경과
복종이지 동정이 아님을 알고 있었다. 삼의 속내를 알

리도 없는 히르메스는 한동안 침묵하다가, 이윽고 은가면에 손을 가져다 댔다. 삼이 놀라 시선을 돌렸다.

"히르메스 전하……."

"달리 아무도 없으니 말이다. 가끔은 공기를 쐬어줘야지, 안 그러면 멀쩡한 반쪽까지 썩어버리고 말 거다."

그렇게 중얼거리더니 은가면의 잠금쇠를 풀고 맨얼굴을 바람에 드러냈다. 이미 마음의 준비를 했던 삼도 내심 약간 움츠러들었다. 하얗고 수려한 왼쪽 절반과 검붉게 짓무른 오른쪽 얼굴의 낙차는 이미 아는 자에게도 충격을 주었다.

수려한 히르메스의 왼쪽 얼굴만을 보며 삼은 새삼 결의했다. 이분을 도와 파르스에서 루시타니아인들을 몰아내고 국토와 평화를 되찾아야만 한다. 가능하다면 히르메스 왕자와 안드라고라스 왕, 또한 아르슬란 왕자 사이에 쓸데없는 피가 흐르지 않도록 막아야만 한다. 안드라고라스에게서 마르즈반의 자리를 받아 왕도 엑바타나의 수비를 맡았으면서도 임무를 다하지 못했으며, 뻔뻔스럽게 목숨을 부지하고 말았던 몸이다. 살아있는 한 괴로운 걸음을 멈출 수는 없었다.

"자불 성내에는 우물이 없으며 세 곳의 카레즈(지하용수로)로 식수를 얻고 있습니다. 카레즈의 위치는 이미 판명된 바, 즉시 병사들에게 땅을 파게 하십시오."

"물에 독을 넣자는 겐가?"

"아닙니다. 그래서는 훗날까지 물을 쓸 수가 없습니다. 성을 점령한 후 즉시, 그것도 오랫동안 이용하지 못한다면 의미가 없습니다."

"그건 그렇군. 그러면 어떻게 해야 하나?"

히르메스의 물음에 삼은 담담히 그가 생각한 작전을 말했다. 모두 들은 후 히르메스는 고개를 크게 끄덕였다.

"좋아, 그렇게 하라. 그대의 책략을 채택하겠다."

삼에 대한 히르메스의 신뢰는 두터웠다. 한번 신하가 된 후 히르메스는 삼을 전혀 의심하지 않았다. 샤오로서 도량이 넓어야 한다고 생각하는 것일까. 그러나 동시에 배신은 절대 용서하지 않을 것이다.

자불 성내에서는 절대지배자인 대주교 보댕이 기사와 병사들에게 설교를 하고 있었다. 단상에서 팔을 휘젓고 침을 튀기며 목소리를 높였다.

"이 성은 천연의 요새이며 또한 하늘에 계신 이알다바오트 신께서 깊은 가호를 내려주신 바 사악한 이교도들이 침입할 수는 없다. 이 성을 본거지로 삼아 이 지상에 신의 왕국을 건설하라. 그대들은 신의 사도로서 성전聖戰에 임하는 몸. 긍지를 가져라. 또한 겸허하라. 신의 그림자는 항상 그대들의 머리 위에 있느니라."

기사며 병사들은 감동에 눈물을 글썽였다. 그러나 물론 예외는 어디에나 있다.

"성전은 개뿔. 여자는 없고, 술은 못 하고, 재산도 가져선 안 된다니. 무슨 재미로 이딴 황야 한복판에서 목숨을 걸고 싸워야 한담."

남몰래 그렇게 투덜거리는 자도 있었다. 그러나 성을 버리는 자는 없었다. 성내에는 감시의 눈이 삼엄했으며 성 밖에는 파르스의 부대가 진을 치고 있다. 도망 따위 가능할 리가 없었다.

설교를 마친 보댕이 단상에서 물러나려 했을 때 성내의 깊숙한 곳에 있던 물터에서 고함 소리가 울려 퍼졌다.

"불이야! 불이 떠내려왔다!"

그 외침이 너무 기이해 서로 얼굴을 마주 본 기사들은 물터로 달려갔다. 그리고 그들은 보았다. 용수로 입구에서 물줄기를 따라 불이 타오르며 흘러나오는 모습을.

이것이 삼의 전법이었다. 카레즈에 기름을 흘리고 여기에 불을 붙인 것이다.

카레즈는 천장과 수면 사이에 공기가 고여 있으므로 불이 꺼지질 않는다. 물을 타고 불은 계속해서 흘러들어왔다. 물터는 돌과 목재로 됐는데, 그 목재 부분에 불이 옮겨 붙는 바람에 붉은색과 황금색 불꽃이 일렁였다.

달려온 보댕은 그것이 파르스인의 책략임을 깨닫고 이를 갈았다.

"이놈들, 이교도 놈들! 이런 교활한 짓을 하다니!"

욕을 해봤자 사태가 좋아지는 것은 아니었다. 성내에는 연기가 자욱하게 차고 루시타니아 병사들은 놀라 허둥댔다. 검을 뽑고 창을 들어봤자 상대가 불과 연기여서는 어쩔 도리가 없다.

"불을 꺼라! 어서 불을 끄지 못할까!"

그렇다고는 해도 어정쩡하게 묵을 끼얹으면 불은 더욱 퍼질 뿐이었다.

혼란 한복판에서 바람을 가르는 소리가 들리더니 소화를 지시하던 기사의 얼굴에 화살이 박혔다. 기사는 절규하며 물터에 빠져 불기둥과 물기둥 속으로 모습을 감추었다. 깜짝 놀란 루시타니아인들은 다른 카레즈 입구에서 나타난 갑주의 무리를 발견하고 공황에 빠졌다.

"이교도들이 침입했다!"

그렇게 외친 기사는 달려든 히르메스의 장검에 왼쪽 어깨를 베여 피와 비명을 뿌리며 쓰러졌다.

성내에 난입한 파르스인들의 모습을 보고 회랑에 있던 대주교 보댕은 당황했다. 그는 수많은 이교도와 이단자를 고문에 처하고 죽였으나 무기를 든 상대와 싸워본 적은 없었다.

"막아라, 막아!"

소리 높여 명령하면서 어느샌가 모습을 감춰버렸다. 그러나 다른 기사들은 당황하면서도 칼집에서 칼을 소리 높여 뽑아 들었다.

"신이여, 지켜주소서! 사교도 놈들을 격멸할 힘을 우리에게 빌려주소서."

끔찍한 피비린내로 충만한 전투가 전개되었다. 템페레시온스는 궁지에 몰려 수세에 빠졌으나 이교도들에게 항복하려 들지는 않았다. 입을 모아 신의 이름을 외치며 파르스인들에게 달려들었다. 검과 검이 부딪치고 창과 창이 얽혔으며 금속 울리는 소리가 성안에 가득 찼다. 마구간에 묶인 말이 피 냄새와 불꽃 냄새에 마구 울부짖었다. 돌바닥에 피가 튀고, 그 위로 죽은 이와 부상당한 이의 몸이 쓰러졌다.

"보댕은 어디 있느냐? 보댕을 놓치지 마라."

명령하면서 히르메스는 쉴 새 없이 검을 휘둘렀다. 달리 어떤 결점이 있다 해도 '파르스의 정통한 샤오'를 자칭하는 히르메스는 절대로 겁쟁이가 아니었다. 그뿐이랴, 역대 샤오 중에서도 이처럼 용맹한 인물은 드물었을 것이 분명하다.

템페레시온스 단원 하나가 가느다란 창을 내질렀다. 히르메스의 방패가 왼쪽으로 움직여 그 창날 끝을 튕겨내고 오른손의 검이 번뜩여 상대의 목을 갈랐다. 다른 방향에서 두 손으로 휘두르는 커다란 장도가 날아들었다. 절묘한 몸놀림으로 이를 피해 상대가 허공을 가르게 만든 히르메스는 피에 젖은 검을 한 차례 번뜩였다. 할보제(멜론) 열매를 깨는 듯한 소리를 내며 템페레시온스 단원의 흉갑이 갈라지고 허연 칼날이 몸통에 박혔다.

은가면의 전후좌우에서 치솟는 인혈이 붉은 안개를 그렸다. 절단된 머리가 바닥에 튀고, 베여 떨어져나간 팔이 불꽃과 연기 속에 춤을 추었다,

히르메스의 뒤를 따르는 파르스 기사들도 각자 무기를 휘둘러 루시타니아 기사들을 물리치고 있었다. 잔데의 활약은 특히 눈부셨다. 그는 과거 다룬과의 1대 1 대결에 완패한 후로 검술을 단련하기보다도 완력을 더 유효하게 살리는 무기를 쓰게 되었다. 지금 그가 두 손으로 휘두르는 것은 거대한 곤봉이었다. 참나무로 만들고 쇠가죽을 감아 강화했으며 심지어 끝에는 여러 개의 굵은 못을 박아놓기까지 했다. 이것을 힘주어 휘두르면 두개골이 쪼개지고 충격으로 눈알이 튀어나간다.

잔데의 주위에는 루시타니아 기사들의 시체가 켜켜이 쌓여 있었다.

자불 성 안뜰에서, 복도에서, 탑에서, 성벽에서 노성과 비명이 뒤얽히고 선혈과 불꽃이 기사들의 시야를 물

들였다.

　템페레시온스 단원들은 성내에 적이 침입하리라고는 생각도 못했다. 험준한 바위산, 그리고 이중문. 침입당할 리가 없다고 믿었던 것이다. 원래 파르스군의 성이기도 했지만 병량 공격으로 문을 열게 하였으므로 자신들도 식량이 있는 동안에는 문제가 없다고 믿어 의심치 않았다.

　신앙과 용기만으로는 파르스인들의 맹공을 버텨낼 수가 없었다. 누군가가 고함을 지르며 성문으로 이어지는 계단을 뛰어내려가기 시작하자 다른 자들도 그 뒤를 따랐다. 성 밖으로 도망치려 했던 것이다.

VI

　성문이 열렸다. 파르스인 부대와 연기에 쫓겨 루시타니아인들은 밖으로 뛰쳐나왔다. 두꺼운 이중문 밖에는 파르스의 강렬한 태양이 번쩍였다. 어두운 성안에서 느닷없이 밖으로 나가니 눈앞이 캄캄해져 당장은 아무 것도 보이지 않았다.

　당황하는 동안에도 루시타니아인들은 계속해서 성 밖으로 밀려나왔다. 정렬하여 진형을 갖추라는 명령이 터졌지만 당장은 질서가 회복되지 않았다. 진형을 짜려

해도 인파가 잇달아 성문에서 쏟아져 나와 북적거리기
만 했다.

"쏴라!"

삼의 명령이었다. 별동대를 지휘하던 그는 처음부터
성의 출입구에 조준을 맞추고 궁전대弓箭隊를 대기시켜
두었던 것이다.

성 밖으로 뛰어나온 템페레시온스 단원들은 쏟아지는
화살비 밑에서 하나하나 쓰러져갔다. 그래도 그들의 용
기는 그리 수그러들지 않았다. 검을 들고 갑주 소리를
울리며 적진을 향해 달려들었다.

삼의 전법은 교묘했다. 잠시 화살 사격을 중지하고는
병사를 후퇴시킨 것이다. 돌진하는 템페레시온스 단원
들의 기세를 막아내지 못하는 것처럼 보였다. 루시타
니아인들이 전진하면 그에 따라 후퇴했다. 여기에 빨
려 들어가듯 루시타니아인의 진열은 길게 늘어났다. 게
다가 그곳은 엄폐물이라고는 무엇 하나 없는 평지였다.
또한 갑주를 입은 채이니 오랫동안 뛸 수 있을 리도 없
다. 숨을 헐떡이며 멈춰 서기 십상이었다.

부리나케 도망치는 줄로만 알았던 파르스 병사들이 일
제히 발을 멈추었다. 질서정연한 대열을 재구축하더니
돌진하는 속도가 떨어진 템페레시온스 단원들을 향해
다시 화살비를 퍼부었다. 첫 일제사격으로 백 명 이상

이 쓰러졌으며 다른 자들은 황급히 방패를 들어 화살을 막았다.

　이때 삼을 선두에 세운 기병의 대열이 옆에서 치고 들어왔다. 화살비를 막기 위해 템페레시온스 단원들은 머리 위로 방패를 들고 있다. 당연히 몸통은 옆에서 오는 공격에 무방비했다. 그곳에 창이며 검이 박히면 속수무책이었다.

　마침내 신앙심도 용기도 바닥이 났다. 진형은 완전히 무너지고, 루시타니아인들은 뿔뿔이 도망쳤다. 검을 버리고 창을 버리고 갑옷까지도 벗어던지며 사방팔방 흩어졌다.

　모래는 템페레시온스 단원들의 피를 빨아들여 무겁게 젖어갔다.

　자불 성은 함락되고, 성문 위에 걸려 있던 신기는 끌어내려졌다.

　포로 중 템페레시온스의 주요 인물들은 히르메스의 앞으로 끌려나왔다. 상처 입어 피를 흘리며 가죽끈에 가축처럼 결박당한 그들에게 히르메스가 물었다.

　"보댕은 어디 있느냐. 그 반미치광이 승려는 어디에 숨겨두었느냐."

보댕은 산 채로 잡아야 한다. 잡은 다음 짐승처럼 가죽끈으로 묶어 황야를 걷게 해 왕도 엑바타나까지 연행하고, 보댕과 견원지간인 왕제 기스카르에게 넘겨줄 것이다. 기스카르는 기꺼이 보댕을 처형하리라. 루시타니아인들끼리, 이알다바오트 교도들끼리 서로를 증오하고 속된 야심에 사로잡혀 살육극을 벌이는 모습은 히르메스에게는 매우 기분 좋은 광경이다.

그러나 140명이 넘는 템페레시온스 단원들은 입을 열지 않았다. 실제로 보댕의 행방을 몰랐기 때문이기도 하지만, 안다 해도 히르메스에게 말하진 않았을 것이다.

"이알다바오트 신께서는 우리가 신도로서 얼마나 충성스러운지를 시험하고 계신다. 대주교님을 배신할 수는 없다."

"흥, 너희의 신은 시험을 하지 않고선 신도의 충성심도 확인하지 못한다는 말이냐?"

히르메스가 냉소하자 그 기사는 두 눈에 미친 듯한 열기를 띠었다. 구속당한 채 피가 말라붙은 얼굴을 쳐들고, 도취된 것처럼 눈에 보이지 않는 자에게 말을 걸었다.

"신이여, 저희의 죄를 사하소서. 신을 저버린 이교도들을 지상에서 근절하고 이 세상을 신의 왕국으로 만들고자 싸우는 것이 저희의 책무이거늘, 무능하고 비재한 저희는 사악한 이교도들에게 패배하고 말았나이다. 이렇게 된 바 저희의 목숨을 바쳐서라도 하나라도 많은 이 교도를 없애겠나이다. 하늘에 계신 신이시여, 굽어 살피소서!"

믿을 수 없는 일이 일어났다. 그 기사는 일어날 수도 없는 중상의 몸이었을 텐데, 마치 불길에 쫓기는 짐승 같은 기세로 튀어 오르더니 히르메스의 몸을 들이받은 것이다.

허를 찔린 히르메스의 자세가 무너졌다. 뒤로 비틀비틀 물러나 갑주를 울리며 한쪽 무릎을 땅에 꿇었다. 지체하지 않고 또 다른 기사가 튀어나와 자신의 다리를 히르메스의 다리에 얽어 쓰러뜨리려 했다.

그 순간 히르메스의 장검이 무시무시한 굉음을 냈다. 첫 기사의 머리와 몸통을 일격에 갈라놓고 두 번째 기사의 옆머리에 파고들었다. 피가 치솟고 짧은 비명이 성벽에 메아리쳤다.

"이놈들을 모조리 베어 죽여라!"

히르메스는 내뱉듯 명령했다. 그러다 그들을 붙잡아 일으키려는 잔데에게 다시 덧붙였다.

"아니, 이알다바오트 신에 대한 신앙을 버리겠다고 맹세하는 자는 살려주어라."

그러나 140여 명의 기사들은 확고부동했다. 한 사람도 신앙을 버리지 않고 모두 신의 이름을 읊으며 죽어갔다.

처형이 끝나자 잔데가 피 냄새에 다소 진저리가 난 듯 물었다.

"수급을 확인하시겠나이까, 전하?"

"됐다. 광신자 놈들하고 더 어울릴 필요도 없다."

"다른 자들은 어떻게 하시겠나이까."

"하나하나 목을 베는 것도 귀찮겠지."

히르메스의 은가면이 둔중하게 빛났다.

"사막에서 말라 죽게 내버려두어라. 어차피 물도 식량 도 없이 모조리 죽어 나가떨어질 테니. 살아남는 놈이 있 다면 그거야말로 이알다바오트 신인지 뭔지의 가호가 아니겠느냐. 어찌 됐든 내 알 바는 아니다."

명령은 즉시 실행되었다. 살아남은 루시타니아 병사 들은 무기와 말, 갑옷을 모두 빼앗기고 물도 식량도 없 이 사막으로 쫓겨난 것이다. 심지어 대부분은 부상을 입었으며 치료도 받지 못했다.

그들의 수는 모두 2만에 이르렀다. 왕제 기스카르에게 귀순하기로 서약한 1만 2천 명은 목숨을 건졌다. 그 외 에는 모두 전사하거나 처형당해 자불 성에서 템페레시 온스의 색깔은 일소되었다.

성안에서 피비린내 나는 처형이 이루어진 시각, 성 밖 서쪽 1파르상(약 5킬로미터) 너머에서 달리는 한 무리 의 기마가 있었다.

이알다바오트 교의 대주교이자 인퀴시티아(이단심문
관)인 보댕이었다. 난전 속에서 그는 성을 버리고, 필사
적으로 싸우는 기사들을 버리고 얼마 안 되는 종자들과
함께 성 밖으로 도망친 것이다.

"이놈들, 이놈들, 두고 보자. 이교도 놈들. 이단자 놈
들. 배교자 놈들. 신과 성직자를 업신여긴 놈들은 모조
리 지옥의 업화에 불태워주마."

저물어가는 하늘을 향해 저주와도 같은 말을 던진다.
이를 따르던 기사 중 하나가 어디로 갈지를 묻자 보댕은
두 눈을 번뜩이며 대답했다.

"마르얌이다. 마르얌으로 가는 게다. 그곳에는 아직
충분한 군대가 있고, 올바른 신앙도 유지되고 있지. 그
나라에서 힘을 회복해 어리석은 이노켄티스, 가증스러
운 기스카르, 그리고 은가면 놈까지도 반드시 징벌해주
고야 말겠다."

이리하여 신앙심 깊은 기사들을 수없이 희생하고 자신
의 목숨을 건진 보댕은 복수의 불꽃에 가슴을 태우며 서
쪽으로 도망쳐갔다.

제 2 장 내해에서 온 손님

I

납색 파도가 납색 하늘을 비추고 있었다.

동쪽 하늘에서 아침이 밀려 올라왔다. 그 직전에 밤의 색깔과 아침의 색깔이 균형을 이룬 한순간, 모든 색채가 사라졌다. 그러나 이내 아침의 반짝이는 손길이 바다와 하늘을 짙은 푸른색으로 바꾸었다.

파르스 왕국의 동북부, 광대한 다르반드 내해에 인접한 다이람 지방이었다.

일을 하는 어부들이며 제염 기술자들이 이미 한바탕 일을 마친 후 지붕과 기둥만으로 만들어놓은 집회소에 모여 아침 차를 즐기고 있었다. 설탕과자나 말린 무화과를 먹으며, 마누라가 살이 쪘다느니, 마을 술집에 괜찮은 여자가 있었는데 남자가 생겼다느니 소문의 꽃을 피웠다.

문득 한 어부가 일어나 동료들에게 수평선 위를 보게 했다. 그가 가리킨 곳에 하얀 돛이 보였다.

"이봐, 저 하얀 돛은 방향으로 보면 마르얌 배 아니야?"

"응. 아마 그렇겠지. 요즘은 보기 드문 일인데."

파르스와 마르얌은 과거 국경과 다르반드 내해의 호상 지배권을 두고 다툰 적도 있지만 지난 50년 정도는 평화로운 관계를 유지했다. 대사를 교환하고 배와 카라반으로 교역을 행했으며, 서로 음유시인이나 곡예단도 왕래해 다르반드 내해는 평화로운 호수가 되었다.

그것이 작년 이후로 완전히 끊어지고 만 이유는 물론 마르얌이 파르스보다도 먼저 루시타니아의 침략을 받아 파르스와의 교역을 할 상황이 아니었기 때문이다.

내해의 항구에는 세금을 걷거나 밀무역을 단속하거나 해난구조 활동을 관장하는 항구 관리들이 있었지만 대부분 엑바타나로 철수해버렸고 파르스도 금세 루시타니아에 침략당해, 이제 다르반드 내해로 배를 내는 사람이라곤 어부들뿐이었다. 항구는 쇠퇴해가고만 있었다.

다르반드 내해는 호수이기는 하지만 물은 염분을 머금고 있다. 과거 파르스와 마르얌 두 왕국이 협력 측량한 결과 너비는 동서 180파르상(약 900킬로미터), 남북으로 140파르상(약 700킬로미터)이라는 수치가 나왔다. 호수에는 간만의 차이까지 있다. 해안 주민들에게는 거의 바다나 다를 바 없다. 심지어 남부로 여행을 가서 진짜 바다를 본 다이람 주민이 이렇게 감탄했다는 이야기도 전해진다.

"오, 남부에도 제법 넓은 호수가 있구먼. 다르반드 내해에 비하면 빈약하지만."

이것은 남부 사람들이 다이람 사람들의 무지함을 웃음거리로 삼을 때 쓰는 이야기지만, 다이람 사람들은 왜 비웃음을 사는지 이해할 수가 없었다.

어쨌거나 이때 내해의 다이람 쪽 기슭에 모습을 나타낸 것은 마르얌의 군선이었다. 세 개의 돛대 말고도 120개의 노까지 있는 갈레 선이었다. 뱃머리에는 그들이 숭상하는 해신海神 포세이돈의 상이 장식되어 있었는데, 그 해신의 몸에는 굵은 화살이 박히고 돛의 일부도 검게 그을려 있었다. 전쟁의 흔적이었다.

어부들이 지켜보는 가운데 갈레 선은 현측에서 작은 배를 띄웠다. 작은 배라 해도 스무 명 정도는 탈 수 있을 것이다. 수부들이 노를 저어 기슭에 배를 대자, 번쩍거리는 갑주를 걸친 중년 기사가 다가와 파르스어로 말했다.

"마땅한 신분을 가진 자와 만나고 싶다. 우리는 루시

타니아인들에게서 도망친 마르얌인이다. 영주가 됐든
샤흐리스크(지방장관)가 됐든, 누구 없나?"

너희 신분 낮은 것들은 상대하지 않겠다는 소리였다.
어부들은 다소 속이 뒤틀리기는 했지만 난감한 얼굴로
이야기를 나누었다.

"이봐, 어떻게 하지?"

"나르사스 님이 계셨으면 어떻게 해야 좋을지 알려주
셨을 텐데."

"내 말이 그거야. 나르사스 님은 왕궁에서도 쫓겨나
고, 대체 뭘 하시는 거람."

다이람은 3년쯤 전까지 나르사스라는 샤흐르다란의
영지였지만 젊은 영주는 샤오 안드라고라스 3세의 궁정
에서 추방당해 영지를 반납하고 은거해버렸다. 그 후로
다이람은 샤오의 직할령이 되었으나 이 지방에서는 본
적도 없는 샤오보다는 옛 영주인 나르사스가 더 인기가
있었다.

"그러게 말이야. 나르사스 님은 화가인지 뭔지가 되고
싶어 하셨다는데, 그리 쉽게 될 수 있는 것도 아니고.
어디서 객사하시지만 않으면 좋겠는데."

"머리 좋고 배운 것도 많지만 아무래도 있는 집에서
자라난 도련님이시잖아."

"그래도 뭐, 엘람이 있으니."

"맞아맞아. 그 녀석은 야무지니까 나르사스 님이 굶어 죽는 일은 없겠지."

옛 영주에 대해 별말이 다 오갔지만 웃음 속에 경애의 마음이 담겨 있었다. 아무튼 나르사스가 없는 이상 그의 지혜를 빌릴 수는 없다. 그들이 스스로 판단을 내릴 만한 일이 아니었다.

"뭐, 일단은 관리에게 보고해야지."

그들은 왕도에서 파견을 나왔던 관리들에 대해 겨우 떠올렸다. 이럴 때야말로 관리가 일하도록 해야 한다.

"그럼 누가 좀 알리러 가지. 그 인간들은 으스대는 것 말고는 재주가 없는 게으름뱅이들이니 아직 자고 있을 게 분명하지만 알 게 뭐람. 두들겨 깨우라고."

어부들에게서 전갈을 받은 것은 다이람의 지방 관리들이었으며, 그들은 황급히 내해 기슭으로 달려갔다.

파르스의 국토는 넓다. 엑바타나를 제압한 루시타니아군의 군세도 다이람에까지는 미치지 못했다. 몇 번인가 정찰대 비슷한 것이 나타나 집에 불을 지르거나 과수원을 헤집어놓기는 했으나 그 정도일 뿐 본격적인 약탈이나 학살은 일어나지 않았다. 그렇기에 어부들도 느긋하게 차를 마실 수 있는 것이다.

달려온 관리들에게 마르얌인들이 열심히 말했다.

"루시타니아의 침략자 놈들은 마르얌과 파르스에게는

공통의 적일 터. 아무튼 힘을 합쳐서 그 가증스러운 침략자들을 타도하고 지상에 정의를 회복해야 하지 않겠소?"

"아, 네. 그것참 좋군요."

얼빠진 대답이 되고 말았지만 고작해야 지방 관리에게는 문제가 지나치게 커서 감당할 수가 없었다. 샤흐리스크를 통해 왕도 엑바타나에 보고하고 지시를 받아야겠지만 왕도는 루시타니아군에게 점령당하고 말았다. 샤오도 왕비도 행방이 묘연하다.

다이람은 북쪽과 서쪽으로 내해, 다른 두 방향에는 산지가 있어 지리적으로 독립성이 높은 지방이다. 내해를 건너는 바람이 비를 가져다주어 토지는 비옥하고 작황도 좋다. 내해에서는 물고기와 소금이 난다. 이 지방에 갇혀 있어도 풍요롭게 살아갈 수 있으니 사람들의 기풍도 별로 심각해지지 않는다.

"뭐, 조바심을 내도 어쩔 수 없지. 한동안 분위기를 살피면 조만간 어떻게 하는 게 제일 좋을지 생각도 나지 않겠어?"

관리조차 그런 분위기에 물들어, 위에서 아래까지 산너머에서 '분위기가 바뀌기를' 느긋하게 기다리는 판국이었다.

그 평온도 마침내 깨질 때가 왔다. 남쪽 산 너머의 가도를 내려다보는 망루에서 다급한 움직임이 있었다. 망루

위에 있던 감시병이 종을 쳐대며 동료들에게 보고했다.

"루시타니아인이다! 루시타니아 병사들이 쳐들어왔다!"

보고라기보다는 비명에 가까운 목소리였다. 감시병은 다시 소리를 지르며 망루에서 내려오려 했지만 그 모습을 향해 열 발 정도 되는 화살이 날아와 그중 하나가 목에 꽂혔다. 병사는 두 팔을 높이 쳐들고 지상으로 곤두박질쳤다.

II

이때 다이람 지방에 침입한 것은 루시타니아의 대귀족 루트루드 후작의 부하들이었다. 목적은 정찰과 약탈이었다. 아르슬란의 거병이 공공연히 알려진 후로 왕제 기스카르 공작은 전군의 통제를 강화했으나, 그 틈새를 뚫고 이 부대는 다이람 방면까지 진출한 것이다.

내해 기슭을 내려다보는 고개 위에서 그들은 마르얌 배의 모습을 확인했다.

"아니, 저건 마르얌의 배가 아닌가. 이런 곳에서 그리운 모습을 보게 되다니."

루시타니아 병사들의 대장은 짐짓 놀라는 척 조롱하는 목소리를 냈다. 마르얌은 이미 정복되었으며 반 루시타니아 세력은 뿔뿔이 흩어졌다. 단 한 척의 마르얌 배가 파르스인들의 내해 기슭에 나타났다고 해봤자 떠도는 난민들의 집단일 뿐이다. 두려워할 필요는 없다.

　루시타니아 병사들은 모두 기마병으로 300기였다. 대담해질 수 있는 이유는 다이람의 내정을 그들 나름대로 파악해 이 땅에 파르스군이 없음을 알았기 때문이었다. 한나절 걸려 내해 기슭의 평지에 도달한 그들은 순식간에 흉포한 이를 드러냈다.

　"태워라! 불태우고 모두 죽여라. 이교도는 물론 이알다바오트 교의 신도이면서도 신의 뜻에 등을 돌리고 이교도와 결탁했던 것들을 살려두지 마라!"

　루시타니아 병사들은 마을로 달려가 이리저리 도망치는 사람들을 살육하기 시작했다. 노인의 등을 창으로 찔러 꿰뚫고, 마르얌인으로 보이는 여인의 목덜미에 칼을 꽂았다. 피가 튀고 비명이 일고, 그것이 침략자들을 더욱 흥분시켰다.

　울음을 터뜨리는 갓난아기의 몸을 허공에 던졌다가 떨어질 때 창을 내질렀다. '악마에게 영혼을 판 사교도'에 대한 루시타니아 병사들의 방식이었다. 그들의 신을 거역하는 자들에게는 아무리 잔학한 짓을 해도 되는 것이다. 집집마다 불을 질렀다. 불길에 쫓겨 튀어나온 사람들은 출입구에서 화살에 맞아 쓰러졌다.

피에 취한 그들의 홍소가 갑자기 끊어진 것은 가도를 따라 천천히 다가오는 여행자의 모습을 발견했기 때문이었다. 갑주를 입지는 않았으나 허리에 늘어뜨린 대검은 루시타니아인들의 관심을 끌었다.

여행자의 나이는 서른이 좀 넘었을 것이다. 지극히 단련한 다부진 장신의 소유자였으며, 거무스름한 머리카락은 조금만 더 길면 시르(사자)의 갈기처럼 보일 것이다. 거칠게 깎아낸 듯 날카로운 이목구비는 느긋한 웃음을 머금은 입기 덕분에 인상이 부드러워 보였으나. 그리고 왼쪽 눈은 한 줄기 상처에 짓이겨져 없었다.

과거에 파르스가 자랑하던 마르즈반 쿠바드였다. 본인은 '외눈 사자'라 자칭할 때도 있지만 거의 '허풍선이 쿠바드'라는 별명으로 알려졌다. 어찌 됐든 이제 그는 주군도 없고 지위도 없는 떠돌이 나그네였다.

얼마 전 옛 친구 삼을 통해 히르메스를 섬길 기회가 있었으나 아무래도 마음이 내키지 않았다. 히르메스와는 성미가 맞지 않을 것 같았다. 그래서 동방 국경에서 병사를 모으고 있는 아르슬란 왕자에게 가보려 했는데, 그렇다고 아르슬란과 성미가 맞으리라는 보장도 없었다. 아무튼 한번 만나볼 심산이었다.

원래 서쪽으로 가던 그가 북서쪽으로 길을 잘못 접어든 이유는 원래 근처의 지리에 밝지 않은 데다 가도의 이정표를 루시타니아 병사들이 파괴해버렸기 때문이었다. 정신이 들었을 때는 다이람 지방에 들어오고 말았으며, 올바른 길로 돌아가려면 산맥을 둘 정도 건너야만 했다. 그건 그거대로 어쩔 수 없지만 요즘 들어 좋은 술과 여자를 접하지 못했으므로 어느 한쪽이라도 얻은 다음에 떠나자고 생각해, 그대로 다이람 가도를 따라 말을 몰았던 것이다.

　루시타니아 기사들은 수상쩍은 여행자의 앞길을 가로막았다.

　쿠바드는 공포나 불안과는 무관한 표정을 짓고 있었다. 하나밖에 없는 눈에 오히려 유쾌하다는 빛을 머금고 루시타니아 기사들을 둘러본다.

　"네놈은 뭐냐. 어디로 가는 거지?"

　루시타니아 기사들이 핏발 선 눈으로 힐문한 것도 무리는 아니다. 쿠바드의 인상도 그렇고 허리의 대검도 그렇고, 농부나 상인으로는 도저히 보이지 않았다.

　"흥, 보아하니 요즘 신들이 날 내팽개친 모양이군."

　쿠바드는 중얼거렸다. 미녀 대신 거친 사내놈들, 술 대신에 피가 그의 앞에 마련되어 있는 것 같았다. 그건 그거대로 상관없다. 쿠바드는 루시타니아 기사들에게

빠른 파르스어를 쏟아냈다. 파르스의 신들을 신앙하지 않는 야만인들을 대신해 기도해준 것이었다. 그리고 말이 끝난 것과 동시에 대검을 칼집에서 뽑아 들었다.

검광일섬. 루시타니아 기사의 목은 치솟는 피에 허공으로 내팽개쳐져 몸통을 떠나갔다. 무시무시한 참격에 다른 루시타니아 기사들은 목소리를 꿀꺽 삼켰다.

가해자의 목소리는 느긋했다.

"간밤에 잠을 제대로 이루지 못해 온화한 나도 신경이 좀 날카롭거든 자네들에게는 생애 마지막의 불운이 되겠군."

루시타니아인들은 쿠바드의 파르스어를 절반도 알아듣지 못했다. 그러나 그의 뜻은 이미 행동으로 드러났다. 이 사내는 신의 사도인 루시타니아 기사들에게 거역하려는 것이다.

검과 방패, 갑주와 인간의 몸이 격렬하게 부딪치고 피와 비명이 폭포가 되어 지면을 두드렸다. 애꾸눈 파르스인은 루시타니아인들에게 재앙 그 자체였다. 대검은 바람의 일부로 변하여 무시무시한 속도로 적에게 날아들어 풀이라도 베듯 쓸어 넘겼다. 말 몇 마리가 금세 기수를 잃고 울음을 터뜨리며 도망쳤다.

이때 몇몇 사건이 동시에 발생했다. 쿠바드는 그 용맹함으로 루시타니아의 인구를 줄여나가고 있었다. 이 피비린내 나는 광경을 멀리서 본 5, 6기의 루시타니아 기병이 동료를 구하고자 했다. 그들의 위치는 언덕 위였으며 전방은 낭떠러지였으므로 직선로를 따라 달려올 수는 없었다. 그래서 기수를 돌려 완만한 사면을 따라 내려와 가도를 우회해 동료에게 가려 했다. 그리고 가도에 내려섰을 때 사슴색 말을 탄 여행자 차림의 사내와 맞닥뜨리고 말았다. 불그스레한 머리카락에 까만 천을 감은 열여덟, 아홉쯤 되는 젊은이였다.

"비켜라, 애송이!"

루시타니아어로 지른 노성은 뜻보다도 고압적인 분위기로 젊은이를 발끈하게 만들었다. 말없이 허리춤에 찬 거대한 산양 뿔피리를 꺼내 들더니, 바로 옆으로 지나가려는 기사의 안면에 이를 내질러버린 것이다.

뿔피리 일격에 콧대가 부러진 루시타니아 기사는 짧은 비명을 지르며 안장 위에서 날아가버렸다. 기수를 잃은 말은 속도를 늦추지 않고 젊은이의 곁을 지나갔다.

"무슨 짓이냐, 이놈!"

남은 루시타니아 기사들은 격분했다. 무기를 들고 젊은이에게 다가섰다.

기민해 보이는 젊은이는 포위되기를 기다리지 않았다. 재빨리 고삐를 당겨 기수를 돌리고 자리를 벗어나 달려갔다. 달려갔으되 도망친 것이 아니었다. 그 사실은 금세 판명되었다. 맹렬히 쫓아와 무기를 내리치려던 루시타니아 병사는 젊은이의 칼집에서 튀어나온 섬광이 낮은 위치에서 엄습하는 모습을 보았다.

루시타니아 병사는 가슴에서 왼쪽 어깨까지 베여 피안개를 뿜으며 몸을 벌렁 젖혔다. 피와 비명을 뿜으며 지면에 내팽개쳐졌을 때 도망치려던 동료의 말발굽이 육박했다. 쿠바드 한 사람에게 쫓겨 전의를 잃고 도망쳐온 것이다.

혼란이 소용돌이를 이루었다. 그것이 가라앉았을 때 그 자리에 남은 것은 강한 피 냄새, 그리고 죽은 열 명의 루시타니아인과 살아있는 두 파르스인뿐이었다.

III

"내 이름은 쿠바드인데, 자네는?"

"메르레인."

쿠바드의 소개에 젊은이는 짧게 대답하며, 다소 무뚝뚝하다 싶었지만 신분을 밝혔다.

"조트 족장 헤이르타슈의 아들이다."

"호오, 조트 족이라."

파르스 중부에서 남부에 걸쳐 위세를 떨치는 도적 무리이다. 쿠바드도 물론 그 이름을 알고 있었다.

"그런데 이런 데서 뭘 하나?"

"여동생을 찾고 있다. 여동생을 찾지 못하면 나는 고향으론 돌아갈 수 없어."

작년 늦가을, 조트 족장 헤이르타슈는 딸 알프리드를 데리고 오랜만에 약탈을 하러 나갔으나 예정한 날짜가 지나도록 돌아오지 않았다. 얼마 안 되는 부하를 데리고 수색을 나간 메르레인은 여행 둘째 날에 황야에서 아버지와 일족 사람들의 시신을 찾아냈다. 이때 정체를 알 수 없는 시체들도 함께 발견되어, 이곳에서 격렬한 싸움이 있었음을 짐작케 했다. 그러나 알프리드의 시체는 없었다. 아버지의 시신을 운구한 메르레인은 차기 족장을 선출한다는 일족 전체의 의견에 직면했다.

"그럼 자네가 족장이 되면 될 게 아닌가."

"그럴 수는 없다. 아버지가 유언을 남기셨거든. 알프리드, 그러니까 내 여동생이 사윗감을 맞아 다음 족장이 되어야 한다고."

"왜 남자인 자네를 무시하지?"

"아버지는 날 싫어하셨어."

"귀염성이 없어서 그런가?"

농담이었는데 쿠바드의 한마디가 메르레인의 가슴에 박혔는지 대답은 금방 돌아오질 않았다. 입을 꾹 다물고 있다. 너무나도 극단적이라, 불만이 극에 달한 나머지 모반이라도 꾸미려는 것 같은 표정으로 보였다. 입술 양쪽 끝이 늘어지고 한가운데가 치솟아 참으로 위험한 표정이 되고 말았다. 원래 수려하다 해도 좋을 얼굴인 만큼 그 인상이 한층 강해졌다. 낯짝이 그게 뭐냐고술에 취한 아버지에게 맞은 적이 몇 번이나 있을 정도였다. 동생 알프리드가 보다 못해 말리고, 오빠와 함께 아버지의 한 손에 맞아 날아가버렸다.

취기가 깨면 헤이르타슈는 딸을 때린 것을 후회하곤했으나 아들을 때린 것에는 전혀 미안해하지 않았다. 메르레인의 지혜와 용기는 인정하면서도 인망이 없으니족장은 될 수 없다고 공언하고 다녔다.

이러저러해서 아버지가 죽은 후 메르레인은 여동생알프리드를 고향으로 데리고 돌아가든지, 여동생이 이미 죽었다는 증거를 찾든지 둘 중 하나를 이루어야만 했다. 그가 족장이 된다 해도 그다음에나 가능할 것이다.

메르레인의 사정이 어느 정도 밝혀졌을 때 두 여행자에게 새로운 무리가 다가오는 것이 느껴졌다. 이번 손님들은 도보로 왔다. 파르스인과 마르얌인이 섞여 있었으며 다이람 억양의 파르스어와 마르얌 억양의 파르스어로 말을 걸었다.

그중에 중년의 마르얌 기사가 있었다. 얼굴 아래쪽 절반이 시커먼 수염으로 뒤덮인 깡마른 사내는 딱딱하고

정중한 파르스어로 자신들의 배에 와 줄 수 있겠느냐고
청했다.

아는 사이도 동행도 아닌 두 파르스인이 어쩌다 보니
어쩔 수 없이 다르반드 내해 기슭까지 내려갔다. 마르
얌의 군선에서 내려온 작은 배 한 척이 기슭에 막 도착
한 참이었다. 옷을 잘 빼입은 마르얌인 여성이 쿠바드
와 메르레인을 올려다보았다.

여성이라고는 해도 예순은 넘었을 것이다. 머리카락
은 하얗지만 살집이 좋고 피부에는 윤기가 있으며 허리
도 구부정하지 않았다. 기력도 지혜도 충분할 것 같다.

"처음 뵙겠습니다. 용맹한 파르스의 기사분들."

"당신은 누구요?"

"저는 마르얌 왕궁의 여관장女官長이며 조반나라고 합
니다."

여왕이라고 했어도 위화감이 없었을 만큼 당당한 관
록을 가진 노부인이었다. 파르스어도 유창했다. 단순한
여관장 정도에서 머문 정도가 아니라 더 큰 실력을 가졌
으리라는 생각이 들었다.

"그래서 여관장님이 무슨 볼일이신지."

"여러분께 도움을 청하고자 합니다."

왜, 라고 물으려 했을 때 쿠바드 일행을 안내해온 중
년 기사가 어딘가 오만한 태도로 물었다.

"이제까지 숱한 적을 쓰러뜨린 듯한데?"

"그렇지 뭐. 사자는 백 마리, 인간이라면 천 명, 용은 서른 마리."

웃지도 않고 주워섬기더니 쿠바드는 생각났다는 듯 덧붙였다.

"어젯밤에도 열 마리 정도 잡았소."

"용을?!"

"아니, 늪 근처에서 자는 바람에 모기가 많아서."

그리고 짓궂은 웃음을 짓는다 마르얌 기사는 쿠바드가 자신을 놀렸음을 알아차리고 발끈한 낯빛으로 무언가 말하려 했으나 여관장 조반나가 이를 제지하고 물었다.

"그렇게나 파란만장한 인생을 보내셨다면 요즘은 자못 지루하시지 않을는지요."

"뭐, 그렇지도 않소. 마실 술과 귀여워할 여자와 죽일 적이 있다면야 살아가는 데 지루하진 않지."

쿠바드가 마르얌 사람들과 대화를 나누는 동안 메르레인은 부루퉁한 표정을 풀지 않은 채 먼 곳을 바라보며 누가 말도 붙이지 못할 태도를 보였다.

여관장의 설명이 시작되었다.

원래 마르얌은 루시타니아와 마찬가지로 이알다바오트 교를 신봉하는 나라였다. 마르얌인과 루시타니아인은 같은 유일신 아래 평등한 동포라고만 생각했다. 그런데 이알다바오트 교는 많은 종파로 나뉘어, 루시타니아의 '서방교회'와 마르얌의 '동방교회'는 400년에 걸쳐 계속 대립해왔다.

대립이라 해도 이제까지는 논쟁이나 중상 비방 정도로 그쳤으며, 사이가 나쁜 것치고는 외교나 무역도 이루어지고 있었으나 2년 전에 큰 파국이 찾아온 것이다.

느닷없이 국경을 돌파한 루시타니아군은 겨우 한 달 만에 마르얌 거의 전역을 제압하고 말았다. 왕제 기스카르의 주도면밀한 준비와 뛰어난 실행력이 이를 가능케 했다. 마르얌 국왕 니콜라오스 4세가 전장에 한번 나가보지도 않고 도망쳐 다니기만 하는 나약한 사내인 탓도 있었다. 국왕과 왕비 엘레노어는 왕궁에 연금되고 말았다. 그들은 목숨을 살려주겠다는 조건을 받아들여 투항 문서에 서명했다.

그러나 루시타니아인들은 약속을 어겼다. 최고 강경파인 대주교 보댕의 부추김에, 템페레시온스는 어느 날 밤 마르얌 왕궁을 포위하고 탈출로를 막은 후 불을 질렀던 것이다.

"신께서 원하신다면 이루어지리라. 원하시지 않는다면 이루어지지 않으리라."

보댕이 자주 이용하는 논법이었다. 마르얌 왕이 죽든 살든 신의 뜻에 달렸다는 소리다. 만약 마르얌 국왕에게 신의 은총이 있다면 기적이 일어나 니콜라오스 부부는 살아날 것이라고.

물론 기적은 일어나지 않았다. 마르얌 왕과 왕비는 불에 탄 시체로 발견되었다.

루시타니아 왕제 기스카르는 격노했다. 그는 나약한 마르얌 국왕을 동정하진 않았으나, 정치의 최고책임자가 약속한 내용을 종교지도자가 어긴다면 앞으로 루시타니아의 외교는 어떤 나라에도 신용을 받지 못하게 된다.

기스카르와 보댕이 다투는 사이에 국왕 부부의 장녀인 밀리차 공주와 차녀 이리나 공주는 얼마 안 되는 부하의 보호를 받으며 탈출해 다르반드 내해 북서쪽 기슭에 있는 아크레이아 성으로 피신했다.

"저희는 2년 동안 그 성에서 농성하며 루시타니아의 침략자들과 싸워왔습니다……."

성 동쪽은 바다, 서쪽은 독사가 사는 늪지, 북쪽은 단애절벽이라 대군이 전개할 수 있는 곳은 남쪽뿐이었다. 그러한 자연조건에 따라 성벽도 남쪽이 살짝 높았다. 성문도 이중이고 심지어 그곳을 통과하면 다시 문이 나온다. 높은 벽에 에워싸인 광장에 돌입한 적은 나아가지도 물러나지도 못한 채 성벽 위에서 쏟아지는 화살비를 맞게 되는 것이다.

2년 후, 루시타니아군은 겨우 성을 함락시켰다. 그것

도 공격으로 한 것이 아니었다.

"배신하고 문을 열면 목숨을 구해주고 지위와 재산을 주겠다."

그런 약속으로 성내의 사람들에게 내통을 시켰던 것이다.

2년이나 농성을 계속하면 기력이 쇠하고 만다. 내통자들은 어느 날 밤 포위한 루시타니아군과 짜고 성안의 곳곳에 불을 질렀다. 혼란과 유혈 끝에 여동생 이리나를 배에 태워 탈출시킨 후 언니 밀리차는 탑에서 몸을 던졌다…….

"그리고 닷새에 걸친 항해 끝에 겨우 이곳에 도달한 것입니다. 그러나 이곳에까지 루시타니아인의 마수가 뻗치고 말았지요. 가엾은 이리나 공주님을 도와 루시타니아 놈들을 토벌해주셨으면 합니다."

IV

부디 마르얌의 왕녀를 구해달라는 부탁을 받고 쿠바드는 쾌히 승낙하지는 않았다.

'나 이거야 원. 파르스를 다시 일으키겠다는 왕자님이 있나 싶더니 마르얌을 재건하겠다는 왕녀님도 있구만.'

비아냥거리듯 속으로 중얼거렸다.

'조만간 나라를 다시 세우겠다는 왕자님, 왕녀님으로 세상이 가득 차는 거 아냐? 루시타니아가 망하면 그때는 분명 루시타니아를 다시 세우겠다는 왕자님도 나오겠지.'

쿠바드라는 사내는 기묘하게도 매사의 본질을 일부나마 내다보는 모양이었다. 대국적으로 보면 과거 파르스도 마르얌도 타국을 멸망시키고 왕을 죽인 적이 있다. 인과는 돌고 도는 법이다.

그렇다고는 하지만 불의의 침략자인 루시타니아인이 거드름을 피우며 활개를 치도록 내버려두는 것도 아니꼬운 일이다. 루시타니아인이 루시타니아에서 활개 치는 거야 자기들 마음이지만 이곳은 파르스다. 온갖 결점이 있다고는 해도 그것은 파르스인들의 손으로 개혁할 일이지 루시타니아인이 유혈로 할 짓은 아니다.

어찌 됐든 여기서 마르얌인들의 청을 내칠 수는 없었다. 다이람 지방 백성들도 눈앞의 적을 쓰러뜨리기 위해 도움을 필요로 한다.

내칠 마음은 없었지만 쿠바드도 냉큼 상대의 요청에 응할 의무는 없었다.

"정작 중요한 마르얌의 공주 전하는 어떻게 생각하는 거요? 루시타니아인들을 모조리 없애버릴 거라면 그건 그거대로 전하의 입으로 뜻을 받들고 싶소만."

쿠바드의 한쪽 눈이 군선으로 향하자 마르얌의 여관장과 기사는 시선을 나누었다.

차양이 좌우로 갈라지고 선실에 빛이 들었다. 천잠융天蠶絨을 깐 호화로운 의자에 이리나 공주가 앉아 두 파르스인을 올려다보았다.

공주의 얼굴은 짙은 색조의 베일에 가려져 있었다. 담홍색을 기조로 한 비단옷에서는 엷은 향료 냄새가 났다.

'왕족쯤 되면 비천한 자들에게 쉽게 얼굴을 보일 수 없다 이건가?'

쿠바드는 얼마 전에 만났다 헤어진 히르메스 왕자가 은색 가면을 뒤집어쓰고 얼굴을 보이지 않았던 사실을 떠올렸다. 베일이 흔들리며 총명한 목소리가 흘러나왔다. 마르얌 억양이 거의 없는 유창한 파르스어였다.

"파르스의 장수는 용맹하며 병사는 강하다 들었습니다. 그 힘을 부디 저희에게 빌려주실 수 없겠습니까."

"강하기만 해선 아무짝에도 쓸모가 없소."

쿠바드의 대답은 무뚝뚝했다. 강함에 자신을 가지는 것과 강함에 안주하여 승리를 위한 노력을 게을리하는 것은 완전히 다르다. 반년 전 아트로파테네의 패배를 통해, 쿠바드만이 아니라 파르스 기사라면 아마도 누구나 그 사실을 톡톡히 깨달았을 것이다.

　파르스와 루시타니아의 전쟁은 당연히 일방적으로 침략한 루시타니아에게 잘못이 있지만, 패배한 파르스에 방심과 오만이 있었던 것도 사실이었다. 우방 마르얌이 부조리하게 침략당한 시점에서 충분한 대책을 마련해두었어야 한다.

　"뭐, 새삼스레 이런 소릴 해봤자 소용도 없지만."

　쿠바드는 화제를 바꾸었다. 이곳에서 루시타니아 병사와 한바탕 싸웠던 것은 어쩔 수 없다. 공언했듯 싸움은 원래부터 좋아했다. 하지만 목숨을 걸고 하는 일이라면 마땅히 상응하는 사례가 있어야 하지 않겠는가.

　"뭐, 앞일은 모르겠지만 당장 엉덩이에 붙은 불은 꺼드리겠소. 다만 요즘은 물도 함부로 쓸 수 없어서 말이오."

　"사례가 필요하단 말이오?"

　비난하는 듯한 마르얌 기사의 눈초리를 쿠바드는 씨익 웃으며 받아 흘렸다.

　"가난뱅이를 도와줄 때는 형태 없는 선의만을 보답으로 받고 때우기도 하지. 그렇지만 부자를 상대하면서 사례는 필요 없다고 말하면 오히려 실례가 아니겠소?"

　"왜 저희가 부자일 거라고 생각하시는지……."

　"비단옷을 입은 가난뱅이가 어디 있어!"

　마치 내뱉듯 외치며 처음으로 메르레인이 끼어들었

다. 그때까지 그는 군선임에도 마르얌풍으로 호사스럽게 꾸민 선실 안의 세간을 매우 비우호적인 눈빛으로 바라보고 있었던 것이다.

"세상에는 어린아이를 키우기 위해, 혹은 중병에 걸린 부모를 구하기 위해 몸을 파는 여자도 있지. 그런 여자라면 부탁하지 않아도 도와주겠어. 하지만 돈을 가진 주제에 사례도 하지 않겠다는 놈을 구해줄 의무는 없다고."

베일 너머로 메르레인의 시선에 꿰뚫려 왕녀는 말이 없어졌다.

"양갓집 규수란 것들을 내가 좋아하지 않는 이유는 그것들이 남에게 봉사를 받는 걸 당연하게 여기기 때문이다. 병사가 죽는 것도 당연하고, 농민이 세금을 내는 것도 당연하고, 자신들이 사치를 부리는 것도 당연하다고 생각하고 앉았지."

메르레인은 장화 굽으로 바닥을 박찼다.

"게다가 세상에는 아주 멍청한 것들이 있거든. 굴람이나 아자트(자유민)가 고생하는 건 당연하게 여기면서 바스푸흐란(왕족)이나 바주르간이 괴로워하면 애처롭다고 생각하는 것들이. 굴람이 굶어 죽는 걸 태연하게 내버려두는 주제에 나라에서 쫓겨나 굶주리고 있는 왕자님에게는 먹을 것을 나눠주려 한다니까. 하지만 민중을 내팽개치고 재물만 착실하게 챙겨 도망치는 놈들을 왜 거저 도와줘야 하나!"

"이제 속이 시원한가?"

쿠바드가 조용히 묻고, 숨을 헐떡이던 메르레인은 입을 다물었다. 한순간의 공백은 마르얌 여관장 조반나가 깨뜨렸다. 그녀는 사례의 구체적인 조건을 제시하고, 이를 토대로 교섭이 이루어졌다.

"좋소. 계약은 성립되었소. 위대한 계약의 신 미스라의 이름으로."

"이알다바오트 신의 이름으로."

파르스의 기사와 마르얌의 여관장은 자못 진지하게 계약을 확인했다. 피차의 신을 얼마나 신용할 수 있을지 속으로는 지극히 의심을 품으면서.

V

쿠바드는 루시타니아인들이 밤을 기다려 다시 내습하리라 내다보고 있었다. 마르즈반이라면 그 정도 전술적인 예측은 할 줄 안다. 루시타니아인은 아직도 290기 정도의 전력을 남겨두고 있으며 이쪽에는 겨우 두 명이 가세했을 뿐이다. 한번 쫓겨났다고 염치없이 물러날 수도 없을 것이다.

"놈들은 반드시 불을 지를 걸세. 민중을 동요시키기

위해, 그리고 자신들의 표식으로 삼기 위해. 지리에 자신이 없으니 가도를 따라올 것도 틀림없어. 그래서 말인데."

쿠바드에게는 아트로파테네에서 패배한 후 처음으로 지휘하는 전투였다. 그때는 정예 기병 1만이 쿠바드를 따르고 있었다. 지금은 마르얌의 패잔병과 다이람 지방의 농민이며 어부며 하급 관리가 합쳐서 300명.

'이건 이거대로 재미있는걸.'

그렇게 생각하며, 싸움과는 인연이 없는 사람들을 각자 위치에 배치하고 지시사항을 주입시켰다. 눈앞에서 처자식을 잃은 남자들은 몸을 버릴 각오로 복수심에 불탔으며 전의는 왕성했다. 쿠바드의 지시만 엄수한다면 어중간하게 전장에서 닳아빠진 병사보다 도움이 될지도 모른다.

까만 천을 머리에 두른 메르레인은 고개에서 내해 기슭으로 이어지는 가도에 재목을 쌓아 방책을 만들게 했으며 그 바로 앞 지점에 물고기 기름을 끼얹었다. 그리고 그 위에는 자신의 손으로 까만 약을 뿌려놓았다.

그것은 조트 족이 대규모 카라반을 습격할 때 쓰는 무기로, 유지와 초석과 유황과 목탄, 아울러 세 종류 정도의 전래 비약을 조합한 것이었다. 대량의 불길과 연기를 발생시키며 터지는 듯한 소리를 낸다. 물고기 기름과 조합하면 화공에는 적격일 것이다. 마르얌의 왕녀에게 불만과 분노를 터뜨리고 직성이 풀렸는지 그는 묵묵히 자신의 일에 매진했다.

가느다란 달이 밤하늘 한복판에 매달린 시각, 어둠 속에서 말발굽 소리가 솟아났다. 루시타니아 기사들의 반격이 개시된 것이다.

삼백마리 가까운 말의 발굽 소리가 땅을 두드리며 다가온다. 배 속까지 울리는 듯한 소리였지만 1만 기의 우두머리였던 쿠바드에게는 산들바람 정도로밖에 느껴지지 않았다.

어둠 속에 조그만 빛이 수없이 밝혀졌다. 밤공기를 가르고 불화살이 날아왔다. 나뭇가지와 재목에 불화살이 박혀 붉고 누런 불꽃을 일렁이자 가까이 다가온 루시타니아 기사의 갑주에 불그림자가 반사되어 어둠 속에 으스스한 광경을 드러내주었다. 그때 메르레인이 쏜 불화살이 지면에 박혔다.

상황이 돌변했다. 불은 약과 물고기 기름에 인화하여 눈앞이 아찔해지는 화염의 막을 이루고 돌진하는 루시타니아 기사들의 눈앞을 가로막았던 것이다.

"와아아……!"

"오오, 이건……!"

말이 벌떡 일어나고 기사들이 지상에 내팽개쳐졌다.

불이 터지면서 음향이 잇달아 귀를 진동시켰다. 말은 울부짖고 날뛰어 기사들의 제지도 소용이 없었다.

"흩어져!"

부대장으로 보이는 기사가 소리쳤다. 낙마를 면한 자들이 그 명령에 따라 좌우 방향으로 기수를 돌려 달렸다. 이때 낙마한 기사 몇 명은 불쌍하게도 아군의 말발굽에 밟혀 목숨을 잃었다.

하지만 그런 데 신경 쓸 겨를은 없었다. 희미한 달빛에 의지해 루시타니아 기사들은 다른 길로 달려 이교도들의 등 뒤까지 돌아가려 했다.

그러나 쿠바드와 메르레인이 만든 함정은 이중 삼중의 구조를 가지고 있었다. 우회해 밤길을 달려 나오려 하던 말이 앞으로 확 고꾸라지며 넘어졌다. 길을 가로질러 그물을 펼쳐놓았던 것이다. 기사들은 안장에서 내팽개쳐져 허공을 날아 땅에 처박혔다. 신음하고 헐떡이는 그들은 고통과 갑주의 무게에 저항하며 일어나려 했지만 그 위로 고기잡이에 쓰이는 그물이 던져졌다.

그물을 뒤집어써 발버둥 치는 루시타니아 기사들의 머리 위로 비릿한 액체가 쏟아졌다. 물고기 기름이었다. 욕설을 터뜨리면서 그물에서 탈출하려 했을 때 불화살이 날아왔다. 물고기 기름에 불이 붙어 타올랐다.

절규가 터지고, 불덩어리가 된 루시타니아 기사의 몸

이 노상으로 튕겨 나왔다. 잔혹하다면 잔혹한 전법이다. 그러나 낮에 아내와 자식을 학살당한 다이람 주민들은 자비가 없었다. 손에 손에 곤봉을 들고 달려나와 불덩어리가 된 루시타니아 기사가 움직이지 못할 때까지 후려치고 또 후려쳤다.

다른 길로 돌아들어온 기사는 나무 위에서 빛나는 물체가 떨어지는 것을 알았지만 그저 몸에 달라붙기만 했으므로 상관하지 않고 지나갔다. 그들은 전방에서 한 기사의 모습을 발견했다. 마르야푼이 가주를 이은 애꾸눈 사나이. 물론 쿠바드였다.

좁은 길이었다. 쿠바드의 좌우로 돌아갈 수는 없었으므로 루시타니아 기사들은 애꾸 사내와 정면에서 1대 1로 싸우려 했다.

"이교도놈! 온갖 교활한 짓의 대가를 치르게 해 주마!"

장창을 들고 첫 기사가 돌진했다. 충분한 여유를 두고 피한 쿠바드는 지근거리까지 다가온 루시타니아 기사의 목덜미에 수평으로 일검을 꽂았다. 기이한 소리를 내며 목이 날아가고 갑주에 싸인 동체는 무거운 소리와 함께 바닥에 나뒹굴었다. 그때는 이미 두 번째 기사가 오른쪽 어깨에서 왼쪽 옆구리까지 베여나가고 있었다.

쿠바드는 대검을 수직으로 내리치고 수평으로 쓸고 비스듬히 휘두르는 연속된 동작을 어마어마한 선혈로 장식했다. 맞부딪치는 검 소리가 쿠바드의 귀를 난타해댔다. 이윽고 절망의 비명이 터지더니 부대장만을 남기고 다른 기사들은 도망치기 시작했다.

홀로 남은 루시타니아 기사 부대장은 이름 있는 사내가 분명했다. 쿠바드를 마주할 때도 움직임이 흐트러지지 않았다. 아군이 도망칠 시간을 벌려는지 오히려 기꺼이 쿠바드의 대검에 몸을 드러냈다. 수십 합에 걸쳐 칼날이 부딪치고 불꽃이 흩어졌다. 그러나 근본적인 역량의 차이가 커 마침내 부대장은 베여나간 목에서 피를 뿜으며 낙마했다.

"아깝구만. 용기에 기술이 따라오질 못했어."

지상의 시체에 그 한마디를 건네고 쿠바드는 말의 배를 차 도망치는 적들을 추적했다.

여전히 어둠이 짙었지만 도망치는 루시타니아 기사들의 갑주에는 야광충을 묻혀놓았다. 놓칠 걱정은 없었다. 수는 6기. 이것이 적의 마지막 생존자였다.

쫓기는 6기와 쫓는 1기가 단창과 곤봉을 들고 길가에 쪼그려 앉아 있던 다이람 어부 한 무리의 옆을 지나갔다.

쿠바드가 고함을 쳤다.

"놓치지 마라! 쫓아가!"

1기라도 놓쳤다간 그의 입을 통해 루시타니아군의 중추에 이곳의 내정이 새어나간다. 1기도 돌아오지 않는다면 루시타니아군은 사태의 진상을 알 수 없으므로 책략을 구상한다 해도 시간이 걸리게 된다. 다이람 사람들은 그사이에 방어를 다질 수도 있고 아르슬란 왕자의 군대에 도움을 요청할 수도 있다.

루시타니아 병사를 놓쳐서는 안 된다. 그 사실은 다이람 사람들도 알지만 원래 전투에 익숙하지 않은 그들은 기력도 체력도 모두 다 소진해 땅바닥에 주저앉아 있었다.

어쩔 수 없이 쿠바드는 혼자서 쫓아간다

쫓아간다. 따라잡는다. 달라붙는다. 추월한다.

추월하면서 일검으로 루시타니아 병사의 목을 거의 절반이나 날려버렸다. 솟구치는 피가 바람에 실려 붉은 분류가 되어 밤공기를 꿰뚫었다.

또 일검을 한 명에게 꽂아 베어버린다. 이미 루시타니아 병사들에게 반격의 의욕은 없었다. 오로지 죽을힘을 다해 도망칠 뿐이다. 거리가 벌어진 4기는 좀처럼 쫓아가기가 힘들었다. 활을 쓸 수밖에 없을 것 같았다.

마르즈반쯤 되면 검, 창, 활 어느 무예나 출중하다. 그러나 범용을 아득히 넘어선 수준으로 주특기인 무기와 그렇지 않은 무기가 있다. 쿠바드는 활은 좀 자신이 없었다. 물론 서툴다는 뜻과는 거리가 멀다. 실전에서 뒤처진 적은 없다. 적병의 몸통을 꿰뚫을 만한 강궁이기도 했다.

그 강궁을 증명하려는 듯 쿠바드는 우선 두 대의 화살로 루시타니아 기사 두 명을 쏘아 쓰러뜨렸다. 세 번째 화살은 살짝 빗나갔지만 네 번째 화살이 세 번째 기사를 낙마시켰다.

마지막 한 명은 그때 이미 활의 사정거리를 벗어나고 있었다. 혀를 차며 활을 내린 쿠바드가 길고 긴 추적을 각오하고 말을 몰려 했을 때, 바람 덩어리 같은 것이 날아와 쿠바드의 옆에 나란히 섰다.

활시위 울리는 소리가 사라지기도 전에 조그만 흰 점이 되었던 루시타니아 기사는 안장 위에서 곤두박질쳤다. 곁을 본 쿠바드는 무뚝뚝하니 언짢은 표정을 지은 젊은이가 활을 내리는 모습을 보았다.

"멋진 실력이구만, 자네."

쿠바드가 칭찬하자 조트 족 젊은이는 여전히 언짢은 표정으로 대꾸했다.

"나는 파르스에서 둘째가는 고수라고 자부한다."

"그럼 첫째는 누구인가?"

"아직 못 만났지만 언젠가 어디선가 나보다 뛰어난 고수를 만나겠지."

재미난 놈이라고, 자신은 뒷전으로 제쳐놓고 쿠바드는 생각했다. 궁술만 따지면 마르즈반이 될 만한 젊은

이일 것이다.

갑자기 메르레인이 검을 뽑더니 아래로 내질렀다. 지상에 쓰러져 있던 루시타니아 기사가 아직 숨이 끊어지지 않아 메르레인을 향해 보복의 참격을 날리려 했던 것이다.

"나는 조트족의 메르레인이다. 목숨을 잃어 분하다면 언제든 귀신이 되어 나타나봐라."

칼에 묻은 피를 털며 메르레인이 내뱉었다. 그것이 피비린내 나는 전투를 마무리하는 한마디였다.

VI

다이람에서 루시타니아 기사들은 소탕되고 일단 평화가 회복되었다. 다이람 사람들의 소박한 감사 인사와 지역 특산 술이 담긴 단지를 느긋하게 받아든 쿠바드는 이번엔 마르얌 사람들에게 계약 이행을 요구했다. 멋지게 루시타니아 병사들을 전멸시켜주었으니 당연한 일이었다.

여관장은 처음에는 시치미를 떼려 했다.

"허어, 대관절 무슨 말씀이신지요. 바쁜 데다 무서운 일이 있어서 요즘은 기억이 잘 나질 않는군요."

"이거 방심 못할 할머니일세. 약속한 보답 말이오. 잊어버렸다면 생각나게 해 줄 수도 있는데?"

"아~ 아. 루시타니아인들을 해치운 다음 그쪽도 함께 죽어주었더라면 이상적인 전개가 되었을 텐데 말입니다."

"할멈의 이상에 장단 맞춰줄 의무는 없수. 냉큼 약속을 지키시지."

이리하여 쿠바드는 마르얌 금화 500닢과 호화로운 세 겹 청옥 목걸이를 받았지만 메르레인은 이렇게 말하면서 아무것도 받지 않았다.

"도와준 상대에게서는 사례를 받지 않는다. 조트 족의 법도는 빼앗는 것이다."

조트 족은 세상 사람들을 도와줄 상대와 두들겨 패고 강탈할 상대 두 종류로 나누어 생각하는 모양이다. 싸우기 전에 신분 높은 자들을 그렇게나 비방했던 것과 관계가 있을까.

새벽이 다가오고 내해의 수평선에 가느다란 칼날 같은 하얀 태양이 떠오르기 시작했다. 사례금을 받고 배에서 떠나려 했을 때 젊은 여관 한 사람이 쿠바드를 불러 세웠다. 선실에서 이리나 공주가 쿠바드를 기다린다는 것이었다. 애꾸눈 파르스 기사를 맞이한 이리나 공주는 속삭이듯 말했다.

"귀하께 여쭙고 싶은 것이 있습니다. 흔쾌히 대답해주

신다면 기쁘겠습니다."

쿠바드는 그럴 거라고 생각했다. 그는 여자를 밝히며 여자에게도 호감을 사는 편이지만 왕녀니 왕비니 하는 여성에게 흠모를 사리라고는 생각하지 않았다.

"귀하는 파르스 왕국의 장군이라 들었사온데, 그렇다면 왕궁의 사정에도 밝으신지요."

"다소는."

쿠바드의 대답은 짧았다. 호화롭고 장엄하며 허식과 낭비로 가득 찬 왕궁은 쿠바드에게 별로 편안한 곳이 못 됐다. 어지간히 중대한 용건이 아니라면 가능한 한 접근하려 하질 않았던 곳이다.

"그러면 히르메스 왕자님을 아시는지요."

'뭐라고? 지금 이 공주님이 누구 이름을 입에 담았지?'

대담한 쿠바드도 적잖이 허를 찔려 왕녀의 얼굴을 다시 바라보았다.

짙은 색조의 베일이 쿠바드의 시선을 가로막았다. 쿠바드는 헛기침을 한 번 하고 확인했다.

"히르메스 왕자라면, 선왕 오스로에스 폐하의 자제분 말씀이오?"

"역시 아시는군요. 예, 극악무도한 안드라고라스라는 자에게 아버님을 잃은 분입니다. 파르스의 참된 샤오가 되실 분이지요."

무어라 대답할 도리가 없어 쿠바드는 베일로 얼굴을 가린 왕녀의 당당한 모습을 바라보았다.

"왜 히르메스 왕자에 대해 묻는 거요, 공주 전하?"

"저에게는 매우 소중한 분이기 때문입니다."

주눅 들지도 않고 대답하더니 이리나 공주는 베일에 손을 대고 천천히 이를 벗겼다. 마르얌 왕녀의 얼굴이 처음으로 쿠바드의 눈에 드러났다. 지나치리만큼 흰 섬세하고 아름다운 얼굴, 황동색 머리카락. 눈동자 색은 —— 알 수 없었다. 왕녀의 두 눈은 굳게 닫혀 있었던 것이다. 쿠바드의 반응을 기척으로 알아차렸는지 왕녀가 조용히 물었다.

"제 눈이 보이지 않는다는 사실을 여관장이 말씀드리지 않았나요?"

"아니, 금시초문이오만."

역시 방심 못할 할멈이라고 쿠바드는 내심 여관장을 욕했다.

"그렇다면 히르메스 전하의 얼굴은 모르시겠구려."

"히르메스 님이 얼굴에 끔찍한 화상을 입으셨다는 것은 저도 압니다. 그러나 저는 앞이 보이지 않는 몸. 어떤 얼굴이시라도 상관은 없습니다."

'아항. 히르메스 왕자의 은가면은 화상을 감추기 위한

것이었구만.'

쿠바드는 이해했다. 그러나 가령 정통한 왕위인지 뭔지를 회복한다 해도, 히르메스는 계속 가면으로 얼굴을 감추고 다닐 생각일까.

"쿠바드 경이라 하셨지요. 저는 10년 전 히르메스 님과 만난 후로 그분만을 마음에 새겨두고 있었습니다. 그분을 뵙고 싶습니다. 부디 힘을 보태주실 수 없을는지요?"

"히르메스 왕자가 어떤 사람인지는 아시오?"

"격렬한 분이지요. 그러나 저에게만은 다정하게 대해 주셨습니다. 그것으로 충분합니다."

앞 못 보는 왕녀는 단언하고 쿠바드는 또다시 대답할 말이 없었다. 히르메스는 복수심이 강한 자이지만 마르얌의 어린 장님 왕녀에게는 잔혹한 짓을 하지 않았던 것이다.

"하지만 참견하는 것 같아 황송한데, 히르메스 전하와 만나신다 해도 어떻게 하실 생각이오? 이런 말은 뭣하지만 그분이 파르스의 왕위에 오르기란 무리가 아닐지…….."

"히르메스 님은 파르스의 정통한 왕위 계승자가 아니십니까. 그분이 왕위에 오르지 못한다면 파르스는 루시타니아나 마르얌과 마찬가지로 정의도 인도도 없는 나라라는 뜻입니다. 그렇지 않습니까?"

쿠바드는 널찍한 어깨를 가볍게 으쓱해 보였지만 물론 왕녀에게는 보일 리가 없는 모습이었다.

"히르메스 왕자는 그리 생각하겠지."

"당신은 다른 생각을 가지고 계신가요?"

"사람은 다 다른 법이니."

깊이 파고들지 못하도록 피하며 쿠바드는 짧게 대답했다. 앞 못 보는 왕녀는 외곬으로 자기 생각에 빠져 있다. 남이 이러쿵저러쿵 간섭할 수는 없었다.

물론 쿠바드의 생각은 그녀와 다르다.

자신은 쇠고기나 양고기를 먹지만 그것은 딱히 소나 양이 나쁜 짓을 저질렀기 때문이 아니다. 쿠바드는 그렇게 생각한다. 이 세상은 일방적인 정의만으로는 가능할 수 없다. 히르메스와 이리나가 재회하여 결혼이라도 한다면 그야말로 정통과 정의를 좋아하는 왕자가 태어나게 되리라.

쿠바드는 히르메스가 있는 곳을 안다. 서쪽 자불 성에서 템페레시온스와 싸우고 있을 것이다. 그러나 그곳에 도달하기 전에 이리나 공주는 루시타니아군의 점령지를 통과해야만 한다.

성가신 일에 말려들고 싶지는 않았다. 이 세상에서 가장 성가신 일은 남의 연애사다. 하물며 한 사람은 그 히르메스 왕자이고 또 한 사람이 마르얌 왕녀라면, 여기에 다가가는 짓은 횃불을 들고 물고기 기름 속에서 헤엄을 치는 것과 마찬가지다.

"생각 좀 해보겠소."

호방하고 과감한 쿠바드가 보기 드물게 애매한 대답을 하며 자리를 떴다. 이대로 시간이 흐르면 자기도 모르게 승낙할 것 같은 기분이 들었다.

선실에서 갑판으로 나오자 여관장 조반나와 마주쳤다. 쿠바드를 보더니 싱긋 웃음을 짓는다. 이 방심 못할 노부인은 공주와의 대화를 이미 알고 있었던 것이리라. 새삼 혀를 차고 싶은 기분을 억누르고 걸어가려 했으나, 조반나의 곁에서 쿠바드를 바라보던 사람이 메르레인임을 알아차렸다.

"뭔가. 하고 싶은 말이라도 있나?"

질문을 받은 메르레인은 여전히 불만스러운 얼굴에 불만스러운 목소리로 의외의 말을 했다.

"그 공주님을, 히르메스인지 뭔지 하는 사람과 만나게 해 주는 역할, 내가 맡을까 한다."

"허어……."

쿠바드는 조트 족 젊은이를 새삼 재평가했다. 메르레인은 표정을 죽이려 했지만 젊디젊은 뺨은 살짝 상기되었으며 두 눈은 쿠바드를 직시하려 들지 않았다. 사정은 명백했다. 조트 족 젊은이도 쿠바드와 같은 부탁을 받았던 것이다.

"여동생은 어쩌려고? 안 찾아도 되나?"

"여동생은 눈이 보이거든."

"흐음, 그렇군."

그 왕녀님께 반했구만, 하는 말은 입에 담지 않았다. 쿠바드를 대신해 어려운 문제를 받아들여준다지 않는가. 놀리거나 핀잔을 주었다가는 미스라 신께 벌을 받는다. 그는 천리안도 아니고 초인도 아니었으므로 메르레인의 아버지를 죽인 상대가 히르메스 왕자라는 사실을 알 도리가 없었다.

"그러면 자네가 가게. 사람마다 돌아갈 집과 돌아갈 길이 있는 법이니."

잠시 말을 끊은 후 쿠바드가 덧붙였다.

"히르메스 왕자의 측근 중에 삼이라는 자가 있네. 내 옛 지인인데, 머리도 똑똑하고 정도 많은 자이니 그를 만나 내 이름을 대면 섭섭하게 대하진 않을 걸세."

"당신은 안 만나나?"

"글쎄…… 별로 좋은 모양으로 재회하지 못할 것 같아서. 뭐, 만날 수 있다면 잘 전해주게. 쿠바드는 쿠바드답게 잘 살고 있다고."

그렇게 말하고 쿠바드는 히르메스 왕자가 자불 성 부

근에 있을 것이라고 메르레인에게 가르쳐주었다. 고개를 끄덕인 메르레인이 마침 생각났다는 듯 눈을 빛냈다.

"히르메스 왕자란 자는 어떤 얼굴이지?"

"몰라."

"만난 적이 없나?"

"만난 적이야 있지만 얼굴을 본 적은 없지."

쿠바드의 말에서 기묘한 점을 느꼈는지 메르레인이 말 없이 눈썹을 치켜세워 쿠바드가 덧붙여주었다.

"보면 알 걸세. 언제나 은색 가면을 뒤집어써서 얼굴을 가리고 다니거든."

그 말을 들은 메르레인의 눈썹이 더욱 높이 치켜 올라갔다. 의문이 더더욱 깊어진 모양이었다.

"왜 그런 짓을 하지? 나쁜 짓을 저지른 것도 아니라면 당당히 얼굴을 드러내면 될 것을. 우리 조트 족은 약탈도 방화도 맨얼굴을 드러내고 한다."

"얼굴에 끔찍한 화상 흉터가 있다더군."

쿠바드가 짧게 설명한 것은 사실의 표면뿐이었지만 메르레인이 그 자리에서 수긍하게 만들기에는 충분했다.

"그거 안됐군."

메르레인은 그렇게 중얼거렸지만 남자 주제에 흉터 같은 것을 신경 쓰느냐고 말하고 싶은 눈치이기도 했다. 쿠바드는 가죽자루를 메르레인에게 던져주었다. 그 안에는 마르얌 금화 500닢이 들어 있었다. 자루의 무게에 놀란 메르레인이 무언가 말하려는 것을 쿠바드는 웃으며 말렸다.

"가져가게. 지갑이 무거워져 난처한 사람을 도와주는 게 도적들이 할 일 아닌가?"

이리하여 다이람 지방에서 만난 쿠바드와 메르레인은 각자 생각하는 바에 따라 동쪽과 서쪽으로 향했다. 때는 4월 말이었다.

제 3 장 출격

I

5월 10일. 봄에서 초여름으로 계절이 바뀌기 시작할 무렵, 파르스 왕태자 아르슬란은 군을 이끌고 페샤와르 성을 출발했다. 목적지는 200파르상(약 1000킬로미터) 너머 서쪽, 왕도 엑바타나였다.

병사의 수는 9만 5000명. 내역은 기병 3만 8000기, 보병 5만 명, 병량 수송을 맡은 경보병 7000명이었다. 발진에 앞서 보병에게는 아자트 신분을 주었으며 드라흠으로 봉급도 지불했다.

제1진은 1만 기. 투스, 자라반트, 이스판 세 사람이 지휘했다. 제2진은 다룬의 1만 기. 제3진은 아르슬란의 본영으로 기병 5000기, 보병 1만 5000명이며 나르사스, 자스완트, 여기에 엘람과 알프리드가 더해졌다. 제

4진은 키슈바드의 1만 기이며 제5진은 보병만으로 구성된 1만 5000명에 샤가드라는 장군이 지휘를 맡았고, 제일 후열인 제6대는 보병만으로 구성된 2만 명에 루함 장군이 이끌었다. 여기에 더해 파랑기스가 3000기를 지휘했는데 이는 유격대였다.

병사 1만 5000명과 함께 페샤와르 성을 맡게 된 사트라이프 루샨은 공손한 인사로 왕자를 배웅했다.

"전하. 부디 낮이든 밤이든, 싸울 때든 평화로울 때든 파르스의 신들이 옥체를 가호하시기를 바라옵니다."

"뒷일을 부탁하네. 그대가 있어주니 안심하고 출정할 수 있네."

왕태자에게서 반마신에서 1마신가량 거리를 두고 나르사스, 자스완트, 엘람, 알프리드가 뒤를 따랐다. 이미 다룬은 1만 기의 대열을 이끌고 앞서 떠났으며 파르스 국내의 대륙공로는 아트로파테네의 패전 이래 처음으로 파르스의 대군이 뒤덮게 되었다.

햇살을 받은 갑주와 무기가 결실을 맺은 밀 이삭처럼 황금색으로 빛났으며 질서정연한 기마병의 발굽 소리는 하늘에까지 울려 퍼졌다. 그 모습을 공로를 내려다보는 언덕 정상에서 바라보는 한 여행자가 있었다.

삶이란 곧 여행

죽음 또한 마찬가지
시간의 강을 건너는 새의 나래는
한 번 홰를 쳐 사람을 늙게 하네…….

파르스 문학의 정수인 루바이야트(사행시)인데, 완성
도가 별로 좋지 못했다. 이를 읊조린 사내는 젊고 상당
한 미남이었으며 적갈색 머리카락을 가졌고 안장에는
바르바트를 얹어놓았다. 대륙공로를 서쪽으로 서쪽으로
나아가는 파르스군의 대열을 내려다본 기이브는 고개를
돌려 자기 자신의 여행 채비를 확인했다. 검은 잘 갈아
놓았고, 활과 함께 서른 자루의 화살을 준비했다. 그리
고 무엇보다 디나르(금화)와 드라흠도 무거울 정도로 있
었다.
"그러면, 나에게는 내 할 일이 있으니."
중얼거린 기이브는 말고삐를 당기며 쓴웃음을 지었다.
"나 참. 멋을 부려봤자 봐줄 사람이 있는 것도 아닌데."
발 디딜 곳이 좋지 못한 바위산 위에서 별 어려움도
없이 기수를 돌린 미래의 궁정악사는 아르슬란이 향한
방향과는 다른 곳으로 가볍게 말을 몰기 시작했다.

이러한 정황이 되기에 앞서 몇 가지 사정이 있었다. 5

월에 들어서자 나르사스는 출병 준비 완료를 아르슬란에게 보고했다.

"우리 군은 말하자면 활시위를 보름달처럼 당긴 상태입니다. 부디 가까운 시일 내로 출병 명령을 내려주십시오."

현실적인 사정도 있었다. 10만이 넘는 병사에게 언제까지고 밥만 축내게 할 만큼 병량이 풍족하지는 않았다. 그런 사정도 아르슬란은 잘 알았다. 나르사스의 보고에 고개를 끄덕이고 10일을 출병 일시로 정했다.

그리고 출진 이틀 전 밤이었다.

"전하께 드릴 말씀이 있습니다. 시간을 할애해주실 수 있겠습니까?"

나르사스의 요청을 아르슬란은 거절하지 않았다.

"1대 1로 이야기해야 하는가?"

"아닙니다. 몇 명이 동석할 것입니다."

나르사스가 데려온 동석자는 다섯. 다륜, 키슈바드, 파랑기스, 기이브, 그리고 사트라이프 루샨이었다. 일곱 사람이 왕태자의 방에서 사이프러스로 만든 테이블에 앉고, 문밖에서는 양치기 개처럼 충실한 자스완트가 검을 안고 보초를 섰다.

일곱 사람이 모였음을 확인한 나르사스는 즉시 본론으로 들어갔다. 이제부터 할 말을 외부에 발설해서는 안 된다느니 하는 운조차 띄우지 않았다. 그 정도는 동석자를 인선한 단계에서 이미 끝난 이야기였다.

"작년에 아르슬란 전하께서 이곳 페샤와르 성에 도착하셨을 때 기괴한 은가면을 뒤집어쓴 인물이 전하를 습격하였습니다. 물론 기억하고 계시겠지요."

사트라이프 루샨을 위한 설명이었을 뿐, 아르슬란도 다른 사람들도 잊을 리 없었다. 겨울철 밤공기를 가르며 번쩍이던 검광, 은가면에 반사된 횃불의 불꽃이 아르슬란의 뇌리에 되살아났다. 고개를 끄덕이면서 왕태자는 한순간 으스스한 표정을 지었다. 일동의 시선을 받아 나르사스는 매우 중요한 한마디를 스스럼없이 꺼냈다.

"은가면의 정체는 히르메스 왕자입니다. 아버지의 이름은 오스로에스, 숙부의 이름은 안드라고라스. 다시 말해 아르슬란 전하께는 사촌 형에 해당하는 분입니다."

아르슬란은 주위의 사내들이 숨을 멈추는 기척을 느꼈다. 나르사스의 말이 아르슬란의 마음속에 자리를 잡을 때까지는 시간이 조금 필요했다. 히르메스라는 이름도 몇 번인가 들은 것 같았지만 지금 이 순간까지 마음에 깊이 머문 적은 없었다. 아르슬란은 생각을 정리하고 겨우 되물었다.

"그렇다면, 경우에 따라서는 내 대신 왕태자가 되었을 인물이란 말인가."

"그렇습니다. 오스로에스 5세 폐하께서 존명하셨다면 당연히 그리되었겠지요."

"나르사스……!"

다륜이 벗을 나무라는 소리를 지른 것은 아르슬란의 표정 변화를 견딜 수 없었기 때문이었다. 그러나 나르사스는 일부러 말을 이었다.

"한 나라에 두 왕은 없다. 아무리 냉엄하더라도 잔혹하더라도, 그것이 천고의 철칙입니다. 신이라 해도 이 철칙을 뒤집을 수는 없습니다. 왕태자 전하께서 샤오가 되신다면 당연히 히르메스 왕자를 위한 왕관은 존재하지 않게 되겠지요."

일동 중에서 최연장자인 사트라이프 루샨이 처음으로 입을 열었다. 사려 깊은 모습으로, 회색 수염을 쓰다듬으며 말했다.

"그 히르메스 왕자를 칭한 인물은 참으로 진짜 왕자인가? 그때의 사정을 다소나마 아는 자가 야심과 욕심에 사로잡혀 왕자의 신분을 참칭한 것은 아닌지?"

"그때의 사정?"

아르슬란이 캐물었다. 다시 말해 선왕 오스로에스 5세가 급사하고 동생 안드라고라스가 즉위하기에 이른 사정이었다. 오스로에스의 죽음에는 수상한 점이 많아 안드라고라스가 형왕을 시해한 것은 아니냐는 의혹이 돌앉던 것이다. 물론 공식적으로는 비밀로 부쳐졌으나 궁정과 다소 연관이 있는 자라면 모두가 알고 있다.

나르사스는 안드라고라스 왕 즉위 전후에 발생한 사실과 다양한 소문들을 아르슬란에게 다시 한 번 설명해주었다. 맑게 갠 밤하늘색 눈동자는 구름에 뒤덮인 것처럼 보였다. 겨우 모양 좋은 입술이 움직여 질문을 건넸다.

"아바마마께서 형왕을 시해하셨다는…… 그 소문은 사실인가?"

젊은 군사는 가볍게 고개를 가로저었다.

"그것만은 알 수 없습니다. 아는 분은 안드라고라스 폐하뿐이시겠지요. 확실한 것은 히르메스 왕자는 소문을 사실이라 믿고, 전하와 전하의 부군을 증오한다는 겁니다. 그리고 증오한 나머지 루시타니아인과 손을 잡고 자신의 고국에 타국의 군대를 끌어들였지요."

나르사스의 목소리는 냉엄했다. 아르슬란도 다른 다섯 사람도 말이 없었다.

"다시 말해 그분에게는 국민보다도 왕위가 더 소중했던 것입니다. 복수의 방법도 수없이 존재할 텐데, 민중에게 가장 피해가 미치는 방법을 택했지요."

"알겠네, 나르사스."

아르슬란은 약간 창백해진 얼굴로 슬쩍 한 손을 들었다.

"현재 나는 사촌 형보다도 먼저 루시타니아군과 결판을 지어야만 하네. 모두의 힘을 빌려주게. 그것이 일단락되었을 때 사촌 형과 확실하게 이야기를 나누어보도록 하겠네."

II

흑의기사 다륜은 절친한 벗인 군사와 어깨를 나란히 하며 복도를 걷고 있었다. 하고 싶은 말이 많아 표정을 숨길 수가 없었다. 시치미를 뚝 떼고 걸어가는 나르사스를 바라보다 결국 그는 입을 열었다.

"나르사스, 자네는 현명하니 무언가 깊은 생각이 있었을 테지만 전하께 다소 가혹했던 것은 아닌가? 짐 위에 또 짐을 더한 꼴일세."

"감춰두는 편이 좋았겠나?"

나르사스는 살짝 쓴웃음을 지어 보였다.

"나도 지난 반년 정도 혼자 비밀을 품고 있었어. 전하께 알리지 않고 넘어갈 수 있다면 그러고 싶었지. 허나 다륜, 자네도 이해할 걸세. 아무리 우리가 감출 생각이라 해도 저쪽에서 비밀을 밝혀버리면 그뿐 아닌가."

사실 나르사스의 말이 옳다. 히르메스는 당연히 언젠가 이름을 밝히고 정통한 왕위계승권을 주장하게 되리

라. 그것을 느닷없이 '적'의 입으로 알게 되는 것보다는 지금 이 기회에 아군이 가르쳐주는 편이 그나마 충격이 덜할 것이다.

"게다가 말이지, 다륜. 비밀은 아르슬란 전하 자신에게도 있네. 그에 비하면 은가면 정도는 그래 봤자 결국 남의 이야기야. 그 정도로 동요하셔서는 자신의 비밀에는 도저히 견뎌내지 못할 걸세."

아르슬란의 출생에는 무언가 비밀이 있음을 말하는 것이었다 다륜은 고개를 끄덕이기는 했으나, 파르스 최대의 영웅에게서는 한숨이 새어나왔다.

"그렇다 해도 전하께는 짐이 너무 무겁네. 아직 열네 살밖에 안 되셨는데."

"내 생각에 아르슬란 전하는 보기보다도 훨씬 다부지고 넓은 마음을 가지셨네. 히르메스 왕자에 대해서도 언젠가 극복하시겠지. 그분께 필요한 것은 언제나 그랬지만, 시간뿐이야."

"자네 생각치고는 너무 허술한걸."

흑의기사는 가차 없이 말했다.

"가령 아르슬란 전하께서 부왕의 죄를 갚을 생각으로 히르메스 왕자에게 왕위를 양보하겠다고 말씀하신다면 어떻게 하겠나? 전하의 기질로 보았을 때는 있을 수 없는 일도 아닐 텐데."

"하긴 그렇지. 그리고 히르메스 왕자가 우리의 샤오가 된단 말이지."

히르메스는 복수에 대한 갈망으로 마음이 뒤틀렸지만 원래 샤오로서 기량이 부족하지는 않다. 복수의 마주魔酒에서 깨어나면 제법 지용을 겸비한 군주가 될지도 모른다.

그러나 히르메스가 굴람들을 구한다 해도 그는 굴람 제도를 폐지하려고는 생각하지 않을 것이다. 히르메스라면 굴람을 자비롭게 대하라고 명령을 내릴 뿐이다. 이 점이 아마 히르메스와 아르슬란의 결정적인 차이일 것이다. 밝은 색 머리카락을 쓸어 넘기며 나르사스는 벗을 돌아보았다.

"나야말로 묻고 싶군, 다륜. 만약에 정말 전하께서 파르스의 샤오가 되지 않겠다고 하시면 그대는 전하의 곁을 떠나 히르메스 왕자를 섬기겠나?"

"농담 말게."

은가면은 다륜과 직접 검을 나눈 적이 있으며, 백부 바흐리즈를 죽인 원수이기도 하다. 그는 고개를 가로저었다.

"그때는 나르사스 자네와 내가 손을 잡고 아르슬란 전하께 어울리는 나라를 하나쯤 정복해 바치세나. 악정에 괴로워하는 백성은 어디에나 있지 않겠나."

다륜의 농담 같은 대답에 나르사스는 키득 웃었다. 그와 벗이 아무리 고민한들 결국 아르슬란이 결정할 일이다.

　나르사스가 화제를 바꾸었다.

　"투스, 자라반트, 이스판 같은 친구들 말이네만."

　"음."

　"그들에게 선봉을 맡기겠네. 자네와 키슈바드 경은 이번에는 제2진으로 물러나주게."

　나르사스에게 군의 배치란 문제에는 지극히 정치적인 일면이 있었다. 아르슬란의 진영은 크게 성장했으며 우선 내부를 통일시켜야만 한다.

　싸워서 이긴다고 다가 아니다. 신참들이 고참들에게 대항 의식을 가지는 부분은 무훈의 양이다. 그들에게 무훈을 세울 기회를 주어야 한다.

　또한 설령 선봉이 참패한다 해도 제2진 이하에 다륜이나 키슈바드 같은 두 명장이 멀쩡하게 버티고 있다면 다시 싸워 이기기란 어렵지 않다. 이 두 사람이 건재하다고 생각하면 병사들도 안심할 수 있다.

　나르사스의 제안을 받아들이며 다륜은 팔짱을 끼었다.

　"거참. 남에게 무훈을 세우게 하는 것도 일이란 말이군."

　"뭐, 자네가 나가야 정리가 될 만한 상황은 얼마든지

있을 걸세."

복도 모퉁이를 돌았을 때 밤바람의 완만한 흐름이 기이한 냄새를 실어주었다. 무언가가 타는 냄새였다. 기묘하게 여길 틈도 없이 이번에는 귀가 이상을 포착했다. 불꽃이 튀는 소리였다.

다륜과 나르사스는 얼굴을 마주 보았다. 말없이 뛰어나갔다. 밤공기가 흔들리며 엷은 연기가 피어났다. 슬쩍 열파 같은 것도 느껴졌다. 시커먼 어둠의 일부에 붉은 불꽃같은 그림자가 꿈틀거렸다.

"불이 났습니다! 불이 났어요, 나르사스 님!"

엘람이 외치며 달려왔다. 주인의 표정을 보고 질문을 듣기도 전에 설명을 시작했다.

"병량 창고에 누군가가 불을 질렀습니다. 몇 사람이 수상한 인물을 발견해서 지금 추적 중입니다."

다시 다륜과 나르사스는 얼굴을 마주 보았다. 그들의 가슴속에 떠오른 수상한 인물이 고개를 돌려 은가면을 쓴 얼굴을 내비쳤다. 용감한 다륜도 대담한 나르사스도 깜짝 놀랐다. 전자를 향해 후자가 나직하게 외쳤다.

"다륜, 자네는 전하를 지켜드리게!"

그 한마디에 다륜은 몸을 돌렸다. 만일 수상한 인물이란 것이 히르메스라면 혼란을 틈타 왕태자를 살해하려 들지 않겠는가. 왕자의 신변 경계를 엄중히 해야 한다.

확대되어가는 혼란 속에서 마르즈반 키슈바드의 존재가 큰 역할을 했다. 뭐니 뭐니 해도 키슈바드 성은 그의 성인 것이다.

"불을 꺼라! 우선 불을 꺼야 한다. 4호 우물에서 물을 길어와라!"

빠릿빠릿한, 그러면서도 침착한 지시를 내려 연소를 막고 있었다. 소화는 키슈바드에게 맡겨두면 된다. 나르사스는 엘람을 데리고 방화범을 추적하는 병사들의 흐름에 들이있다. 흐름은 삘댔으며 사람 녹소리와 갑주 울리는 소리까지 요란해 나르사스와 엘람은 서로 떨어지고 말았다. 알프리드의 목소리도 들린 것 같았지만 확실하진 않았다.

"그쪽으로 도망쳤다!"

"놓치지 마라! 죽여라!"

병사들의 외침은 피비린내 나는 고양감으로 가득했다. 싸우기 위해 이 성새에 모였으면서 아직까지 실전에 참가할 기회를 얻지 못했던 자들이다. 격구擊毬 시합이나 수렵만으로는 발산하지 못하는 것이 있다. 손마다 횃불이며 검을 들고 핏발 선 눈으로 고함을 질러댔다.

방화범이 만약 히르메스라면 함부로 추적했다간 얼마나 많은 사상자가 나올지 알 수 없다. 히르메스와 제대로 싸울 수 있는 사람이 페샤와르 성에 몇이나 있을까. 다륜을 왕태자에게 보내길 잘했다고 나르사스는 생각했다.

"찾았다!"

병사들의 목소리가 울려 퍼져 나르사스는 시선을 돌렸다. 어두운 밤하늘을 스치는 더욱 어두운 그림자가 있었다. 복도의 지붕에서 포석이 깔린 안뜰로, 숲에 도사린 진(정령)처럼 재빠르게 이동한다. 그곳에 달려온 병사가 칼을 내리쳤다. 칼 울리는 소리가 나고 병사의 참격은 도로 튕겨 나왔다. 게다가 반격의 칼날이 짧고 재빠르게 호를 그려 병사는 턱 아래에서 피를 뿜으며 쓰러졌다. 다시 두 자루의 검이 날아들었지만 어두운 그림자는 높이 도약해 이를 피했다. 입에 아키나케스(단검)를 물고 오른손만으로 처마 끄트머리를 잡더니 몸을 날려 지붕 위로 사라졌다.

"뭐 하는 놈이지? 저게 인간의 기술인가?"

키슈바드 밑에서 천기장을 지내는 셰로에스라는 자가 어이없어하며 중얼거렸다.

히르메스는 아니었다. 은가면도 쓰지 않았고, 또한 한쪽 팔이 없었다. 그 모습은 나르사스의 그리 멀지 않은 기억으로 이어졌다. 지지난 달, 바흐리즈가 바흐만에게 보낸 밀서를 훔치려다 실패하고 나르사스에게 왼팔을 잃었던 인물이 아닌가. 그렇다면 노림수는 예의 그 밀서가 아닐까. 어쩌면 이미 발견한 것은 아닐지.

나르사스는 그림자를 계속 추격했다. 다른 자의 손에 맡길 수는 없었다.

지상에서 소란을 피워대는 추적대를 비웃으며 그림자는 성벽 위에 도달해 그곳을 달려갔다. 소리도 내지 않고 밤의 일부가 된 것처럼 몸을 낮추고 질주한다.

그 질주가 급정지했다. 그림자는 성벽 위에서 자신이 아닌 다른 그림자와 맞닥뜨렸기 때문이었다. 성벽의 흉벽에 등을 기대고 있던 사람이 흐느적 움직여서는 그림자의 앞길을 가로막았다.

기이브였다.

"흐음. 나르사스 경이 전에 한쪽 팔을 떨어뜨렸다던 수상한 놈이 바로 너구나."

기이브가 전진했다. 느릿느릿한, 그러면서도 물 흐르는 듯한 동작이었다. 대수롭지 않아 보이는 동작이지만 허점이 없음을 그림자는 알아보았다.

말없이 단검을 고쳐 들더니 살짝 허리를 구부리고 온몸을 용수철처럼 구부리며 두 눈만 번뜩였다.

"연기와 도둑은 높은 곳을 좋아한다던……."

기이브가 말을 하려 했을 때 그림자의 한복판 언저리에서 하얀 섬광이 튀어나갔다. 오른손의 단검을 기이브의 얼굴에 던진 것이다.

기이브의 장검이 단검을 튕겨냈을 때 그림자는 괴성을

지르며 뛰어들었다. 맨손으로. 한 팔로. 무언가가 가느다랗게 번뜩이는 모습을 포착한 기이브는 피하려 하지 않고 오히려 한 걸음 파고들었다. 왼쪽 아래에서 오른쪽 위를 향해 치솟은 장검은 그림자가 내민 오른팔을 멋들어지게 양단했다.

두 팔을 잃은 사내는 피를 뿌리며 성벽 위에서 몸을 굴렸다. 고통 때문에 움직일 수 없게 되기는커녕 무시무시할 정도로 민첩하게 뛰어 올라 기이브에게 두 번째 공격을 가할 틈을 주지 않았다.

"근성은 있지만 귀염성은 없구만. 이제는 물어뜯기라도 하시려나? 예쁜 아가씨가 손을 맞잡아준다면 기쁘겠지만……."

기이브는 장검을 번뜩였다. 눈앞에서 무언가가 소리를 내며 발밑에 떨어졌다. 그림자의 입에서 튀어나온 굵은 바늘이었다. 이를 확인하려고도 하지 않고 기이브는 뛰어들어 강렬한 참격을 수평으로 날렸다.

그림자의 머리는 칼바람과 함께 날아간 것처럼 보였다. 그러나 기이브의 칼끝에 남은 것은 새까만 옷의 일부분뿐이었다. 혀를 차고 칼에서 이를 털어냈을 때 기이브의 귀는 아래쪽에서 물소리를 들었다.

"해자로 떨어졌나? 은가면처럼."

젊은 군사의 목소리에 기이브는 돌아보고 칼을 칼집에

거두었다.

"이것 좀 보라고."

잘려나간 팔을 들어 기이브가 나르사스에게 내밀었다. 봐서 기분 좋을 것도 없지만 나르사스는 슬쩍 눈을 가늘게 뜨고 관찰했다.

"독수毒手로군……."

손톱이 검푸르게 변색되어 있었다. 손톱을 독액에 담가, 그 손톱으로 건드리기만 해도 상대를 죽음에 빠뜨릴 수 있다. 제대로 된 무예가 아니라 하급 마도사기 시용하는 암살기였다.

전에 왼팔을 베었을 때는 이러한 독수가 아니었다. 왼팔을 잃은 후 불리함을 메우기 위해 남은 오른손을 독수로 개조했을 것이다.

"무시무시한 집념이구만."

기이브의 개탄에 나르사스는 아무 대답도 하지 않고, 달려온 병사들 중 계급이 높은 자에게 해자를 수색하도록 명령했다. 두 팔을 잃고서는 헤엄을 칠 수도 없을 테고, 설령 헤엄을 친다 해도 해자에서 기어 나오지는 못할 것이다. 출혈도 있다. 아마 죽었겠지만 살아있다면 묻고 싶은 것이 있다.

"그자는 왼팔을 잃기 전부터 에란 바흐리즈 장군의 밀서를 노렸던 거잖나? 새삼스레 나르사스 경이 뭘 물어

보려고?"

"그래. 놈은 바흐리즈 장군의 밀서를 노렸지. 그건 나도 아네. 내가 궁금한 건 무엇을 위해 그러려 했는가일세. 아니면 누군가에게 명령을 받았는지. 명령을 내린 자의 의도는 무엇인지."

나르사스의 의문은 당분간 미해결로 끝날 것 같았다. 해자를 수색한 병사가 아침나절에 물 밑바닥에서 시체 한 구를 끌어올렸던 것이다. 두 팔이 없었으며, 어떤 수단을 썼는지 자신의 얼굴마저 짓이겨놓았으므로 신원을 파악할 만한 요소는 하나도 남아있지 않았다.

III

다음 날 밤은 출정 전야였다. 성내를 돌아다니던 그림자도 죽었고 화재도 크게는 번지지 않아 성은 요란한 전야제로 들끓었다.

그런데 이번에는 이스판과 기이브 사이에서 신구 가신의 대립이 발생했다. 아니, 대립이라기보다는 결투 소동이었다.

술을 마시면 말다툼이며 싸움이 일어나기 쉬운 것도 당연한 노릇이다. 그렇다고 이를 이유로 술을 금하는 것도 멋없는 짓이다. 나비드(포도주)며 봉밀주, 후카(맥주) 냄새가 연회장에 진동하고 양고기 굽는 냄새도 떠돌았다. 소년인 왕태자가 일찌감치 잠들기 위해 연회석을 뜨자 그 후로는 문자 그대로 계급장을 떼고 한데 어울려 고래고래 대화를 나누는 목소리며 노랫소리가 오갔다. 그러나 요란한 연회도 주의 깊게 관찰하면, 오래전부터 아르슬란을 섬겼던 자들과 신참들이 각자 따로 무리를 짓고 있으며 피차간에는 교류가 없음을 대충 알 수 있을 것이다.

이런 광경을 깨뜨린 것은 '유랑악사' 기이브였다. 그는 은근슬쩍 신참들 자리로 다가가, 상대가 거추장스럽다는 표정을 짓는데도 아랑곳 않고 이스판에게 말을 걸었다. 이스판은 마르즈반 샤푸르의 동생이다. 그리고 반년 전 루시타니아군의 포로가 된 샤푸르가 왕도 엑바타나의 성문 앞에 끌려나왔을 때 샤푸르 자신의 청을 받아들여 그를 화살로 죽였던 것이 기이브였다.

그 인연이 이때 기이브 자신의 입에서 밝혀진 것이었다.

그것이 소동의 원인이었다.

"네놈이 우리 형을 죽였단 말이냐."

이스판의 두 눈이 번뜩 빛났다. 그야말로 늑대 같았다. 나비드의 취기를 격정이 압도한 것처럼 보였다.

"화내지 말라고. 나는 자네 형을 고통에서 구해준 거

야. 인사를 받지는 못할망정 원망을 살 이유는 없는데."

"시끄러워!"

이스판이 일어나자 주위의 기사들이 무책임하게 부추겼다. 그들은 정체 모를 유랑악사를 싫어했다.

당사자인 이스판에게 죽은 형 샤푸르는 생명의 은인이자 무술과 전술을 가르쳐준 스승이기도 했다. 딱딱하고 완고한 면이 있는 형이었지만 매사에 도리를 지킬 줄 알고 부정을 그냥 두지 않는 삶을 살았으며, 그 삶에 어울리는 죽음을 거둔 훌륭한 사내였다. 이스판은 그렇게 생각했다. 그런 형을 들먹이니 이스판이 격노한 것도 당연했다.

반면 기이브는 상대의 분노를 싸늘한 우아함으로 받아들였다.

"주위에 편이 많으면 대담해지는 놈을 나는 상당히 많이 봤지. 자네도 그런 사람인가?"

"아직도 떠들어대느냐."

이스판은 벌떡 일어났다.

"그 지나치게 긴 혀를 적당한 길이로 고쳐주마! 아무도 도와줄 필요 없다!"

바닥을 박차고, 검을 뽑고, 기이브의 머리 위로 내리치는 연속된 동작이 겨우 한순간에 일어났다.

주위에 있던 자들은 기이브가 정수리부터 두 쪽으로

쪼개지는 광경을 보았다. 그러나 이는 한순간의 환영이었다. 기이브는 세리카의 고급 종이 한 장 차이로 검을 피했다. 얼굴이 수려한 만큼 조롱이나 악의를 담았을 때의 표정은 상대에게 참으로 얄밉게 비친다.

"미리 말해두지만 자네 형을 죽게 만든 책임은 루시타니아군에 있어."

"나도 알아! 하지만 지금 내 앞에 있는 건 루시타니아 놈들이 아닌 네놈이다!"

앞뒤가 맞는 듯 안 맞는 말을 외치면서 이스판은 기이브를 향해 맹렬히 달려들었다.

참격의 속도와 강렬함은 기이브의 예측을 넘어섰다. 젊은 유즈(눈표범)처럼 준민한 움직임으로 이스판의 검을 피하며 허공을 가르게 했으나 자세가 흐트러졌다. 머리카락 몇 가닥이 칼바람에 잘려 날아갔다.

이스판이 허공을 베었던 자세를 추슬렀을 때 바닥에 쓰러지기 직전이었으면서도 이미 기이브는 칼집에서 장검을 뽑고 있었다. 유려한 호를 그린 칼날은 무시무시할 정도로 정확하게 이스판의 목덜미까지 육박했다.

이번에는 이스판이 놀랄 차례였다. 이쪽 또한 젊은 늑대처럼 탄력 있는 몸놀림으로 상대의 검광을 피했지만 완전히 균형을 잃어 바닥에 쓰러지고 말았다.

양쪽 모두 포석 위에서 한 바퀴 굴러 일어나더니 동시

에 검을 휘두르고 있었다. 불꽃이 창백하게 등불의 그림자를 가르고 금속 울리는 소리가 바닥에 반사되었다. 두 차례, 세 차례 격렬하게 부딪친 직후 이스판의 한쪽 다리가 튀어나가 기이브의 다리를 후렸다.

여기에는 기이브조차 허를 찔려 옆으로 넘어졌다. 이스판의 검술은 정통한 것이 아니라 원칙이 없을 정도로 야성적이었다.

내리친 검이 포석을 후려쳐 탄내 나는 불꽃을 뿌렸다. 치명적인 일격에서 벗어난 기이브는 포석 위에 몸을 눕힌 채 이스판의 무릎을 향해 강렬한 참격을 날렸다. 또다시 불꽃. 이스판의 검은 수직으로 기이브의 검을 튕겨냈다.

기이브는 벌떡 일어나 지체하지 않고 검을 내질렀다. 이스판이 막으려 한 순간 기이브의 검은 마법처럼 각도를 바꾸며 이스판의 검을 얽어 바닥에 떨어뜨렸다.

몸을 뒤틀어 이스판은 간신히 찌르기를 피했다. 그러나 그는 순식간에 수세에서 공세로 전환했다. 놀랍게도 그는 기이브의 검을 자신의 오른쪽 옆구리에 끼우더니 왼손 수도로 기이브의 손목을 호되게 후려쳤던 것이다. 기이브는 자신도 모르게 검을 놓았으며 기이브의 검은 이스판의 손에 들어갔다. 그러나 바닥에 떨어진 이스판의 검은 기이브가 발로 걷어 올려 들고 있었다. 그대로 양쪽이 각자 바닥을 박차려 했을 때, 날카로운 질타가 울려 퍼졌다. 여자 목소리였다.

"양쪽 모두 검을 거두라! 왕태자 전하 어전이다!"

"……아, 파랑기스 님."

보름쯤 전에 키슈바드가 맡았던 역할을 이번에는 파랑기스가 맡은 것이다. 다만 이번에는 정말로 검이 오가고 말았다.

"파랑기스 님도 걱정이 많으시군요. 심려해주시니 기쁘지만 제가 이런 놈에게 지겠습니까?"

"좋을 대로 해석하지 마라, 불신자."

파랑기스는 방편으로 거짓말을 한 것이 아니었다. 그녀가 왕궁 정원의 사이프러스처럼 늘씬하고 우아한 모습을 한 걸음 돌리자 아르슬란의 모습이 나타났다. 왕태자가 무어라 말하기도 전에 이스판은 검을 버리고 무릎을 꿇었다. 주군에 대한 다소 딱딱할 정도의 충성심은 형에게서 물려받은 것일까. 진심으로 황송해하며 자신의 경거망동을 뉘우치고 있었다.

아르슬란의 눈이 악사에게 향했다.

"대체 무슨 일이었나, 기이브. 아군끼리 검을 들이대다니."

"뭐, 이른바 인생관의 차이 때문이었습니다."

이스판과는 대조적으로 기이브는 자리에 선 채였고 대답도 사람을 놀리는 듯했다. 당당하게 눈을 빛내며 그는 말을 이었다.

"아르슬란 전하께는 이모저모로 신세를 졌습니다만 원래 난 궁정 일에는 맞지 않는다는 걸 잘 알았습니다. 내 손으로 하렘을 만들고 내키는 대로 행동하는 게 체질이죠. 인간관계 때문에 사양하며 살아가느니 혼자 있는 편이 훨씬 낫겠습니다."

"기이브……?"

"마침 좋은 기회이니 이쯤 해서 떠나야겠습니다, 전하. 건강하시옵소서."

자신의 검을 주워 칼집에 꽂더니, 기이브는 짐짓 정중한 태도로 인사를 남기고는 연회장을 나가려 했다.

"기이브, 기다려주게. 성급하게 굴지 말게. 불만이 있다면 들어줄 테니."

왕태자의 목소리에 잠시 발을 멈추었지만,

"실례하겠습니다, 전하. 아, 파랑기스 님. 내가 사라졌다고 울며 지내시면 절세의 미모가 흐려질 겁니다. 웃음이야말로 미의 반려. 나를 위해 웃어주십시오."

"내가 왜 울어야 하나. 마지막까지 말이 많은 자로군. 떠나시겠다면 속히 나가시게."

그러자 기이브는 씨익 웃더니 노대로 나가선 우아하고도 가벼운 동작으로 난간을 넘어 그대로 모습을 감추고 말았다.

너무나도 급박한 사태에 어안이 벙벙해진 아르슬란의 옆얼굴을 보던 다륜은, 모두들 흥이 깨져 해산한 후, 결심한 듯 왕태자에게 다가가 속삭였다.

"전하, 사실은 나르사스가 발설하지 말도록 당부했사오나…… 저건 연기입니다."

"연기?"

"그렇습니다. 나르사스와 기이브가 미리 짜고 저런 연기를 했던 것이지요."

아르슬란은 목소리를 꿀꺽 삼켜버렸다. 그리고 간신히 속삭이는 듯한 목소리를 냈다.

"왜 그런 일을 하나?"

"전하를 위해서입니다, 물론."

"나를 위해서라니, 설마, 자신이 있으면 방해가 된다고 생각했단 말인가?"

"실제로 기이브는 신참들이 별로 좋아하지 않는 사람이었습니다. 그를 전하께서 감싸주시면 일방적으로 편애한다고 생각할 겁니다. 그래서는 결국 화합을 유지할 수 없습니다."

"전군의 화합을 유지하기 위해 기이브가 몸을 빼주었단 말인가."

"아니요, 목적은 달리 있습니다."

나르사스는 원래 지용을 겸비한 신뢰할 만한 자가 왕

도나 루시타니아군의 내정을 캐내주길 원했다. 그래서 기이브와 의논해, 아르슬란의 진영을 떠나는 형식을 가장하여 그가 독립된 행동을 취하게 했던 것이다.

이스판은 이러한 사정을 모른다. 그러나 고통에서 구해주기 위해서라고는 해도 이스판의 형 샤푸르를 기이브가 활로 죽인 것은 사실이다. 이 일이 훗날의 응어리로 남을 수도 있다. 그 응어리가 전군에 내부 균열을 일으키기 전에 기이브를 잠시 떠나게 하고, 언젠가 누구도 이의를 제기할 수 없을 만한 형태로 수습하고 싶다. 그것이 나르사스의 생각이었다.

"그랬군. 내가 부족하여 나르사스에게도 기이브에게도 고생을 시키고 말았구나."

그렇게 중얼거린 아르슬란은 다륜에게 밤하늘색 눈을 돌렸다.

"언제 기이브와 재회할 수 있을까. 그때는 그의 명예를 회복시켜줄 수 있을까?"

"기이브는 전하께서 자신을 필요로 할 때는 땅끝에서라도 달려오겠다고 했습니다. 만약 그의 진력이 필요하시다면 하루라도 빨리 왕도를 탈환하십시오."

그리고 아름다운 저택에 미녀와 미주를 갖추어 돌아와 달라고 청하면 기이브의 공로와 의기에 보답할 수 있지 않겠느냐는 다륜의 말에 아르슬란은 몇 번이나 고개를 끄덕였다.

아르슬란을 침소까지 바래다주고 연회장으로 돌아온 다륜은 노대에서 벗의 모습을 발견했다.

"용서하게, 나르사스. 쓸데없는 소리를 해 자네의 책략을 전하게 밝히고 말았네."

"이 몹쓸 수다쟁이 같으니. 기껏 기이브가 명연기를 해주었는데 내막을 밝혀버리면 아무것도 안 되잖나."

입으로는 그렇게 말하면서도 나르사스는 진심으로 화를 내지는 않았다. 근처에 있던 커다란 과일 접시에서 조그만 포도송이를 두 개 들어선 벗에게 하나를 던졌다.

"전하도 신기한 분이지. 자네와 나와 기이브, 각자 기질도 생각도 다른 자들에게 충성심을 품게 만들다니."

중얼거리면서 송이에 입을 가져가 세 알 정도를 뜯어 먹었다.

다륜이 은근슬쩍 벗과 자신의 사이에 선을 그어놓았다.

"미리 말해 두겠네만 나르사스, 나는 원래부터 왕가에 충성하던 몸일세. 자네처럼 주군에게 시비를 걸고 뛰쳐 나가는 짓은 하지 않아."

나르사스는 더욱 은근슬쩍 그 선을 지워버렸다.

"우연히 나한테 기회가 있었을 뿐이야. 자네가 나보다 온화한 자라고 믿게 만들어도 무리라고. 그런 건 자네 자신부터 믿지 않을 테니."

"흥……."

다륜은 쓴웃음을 짓고 자신도 포도를 먹었다.

한편 침대에 누운 아르슬란은 좀처럼 잠들지 못했다. 몸을 이리저리 뒤척이며 이런저런 생각에 사로잡혀 있었다.

다륜에게는 다륜의, 나르사스에게는 나르사스의, 기이브에게는 기이브의 삶과 방식이 있다. 아르슬란보다도 나이가 많고 저마다 뛰어난 기량을 가진 그들이 아르슬란을 위해 진력을 다해준다. 고맙게 여기고 있다. 그들에게 보답해주고 싶다.

『신분 높은 사람들은 타인이 봉사해주는 게 당연하다고 생각하지.』

기이브가 내뱉듯 비판한 적이 있다. 그런 병폐는 아르슬란에게는 없었다. 남에게 친절을 받는 것이 기쁘니 가능한 한 남에게도 친절하게 대하고 싶었다. 남이 쌀쌀맞게 대하면 마음이 차가워지니 남에게 싸늘하게 대하고 싶지 않았다. 간단하면서도 어려운 일이 아닌가.

사촌 형인 히르메스라는 인물을 생각해보았다. 아르슬란에게 검을 들이대고 다가왔을 때, 그 은가면 안에는 어떤 표정이 있었을까. 현재의 아르슬란은 상상도 할 수 없었다…….

IV

이리하여 5월 10일, 파르스 왕태자 아르슬란의 군대는 왕도 엑바타나를 루시타니아군의 손에서 탈환하기 위해 페샤와르 성에서 출발했다.

제1진 1만 기는 세 명의 신참 투스, 자라반트, 이스판이 지휘했다. 정식으로 전투가 벌어졌을 때는 중앙부대 4000기를 투스가, 좌익 3000기를 자라반트가, 우익 3000기를 이스판이 각각 이끌기로 했다.

아르슬란 왕태자 페샤와르 성 출격.

이 소식은 200파르상(약 1000킬로미터) 거리를 닷새 만에 주파해 엑바타나에 도달했다. 아이러니하게도 잘 정비된 파르스의 파다크(파발) 제도를 이용한 덕이었다.

소식을 들은 루시타니아 국왕 이노켄티스 7세는 그의 개인적인 수준에서는 즉시 이 어려운 문제를 해결했다. 다시 말해 왕제 기스카르에게 군권을 맡기고 자신은 방에 틀어박혀 신에게 승리를 기도한 것이다.

형왕의 행동에 더해 한 가지 더, 기스카르에게 불만과 의심의 감정을 가져다준 것은 은가면의 행동이었다. 자불 성을 함락시킨 것까지는 좋다 쳐도, 그대로 성에 눌러앉아 엑바타나로 돌아오려 하질 않는다. 사람을 보내 슬쩍 알아보니 전투로 파손된 곳을 수리하고 카레즈의 방비를 다지는 등 어쩐지 그곳에 눌러앉으려는 분위기마저 있었다.

게다가 왕도 주변의 토지에서는 드디어 물이 부족하다는 소리가 나돌기 시작했다.

"나 원, 이놈이고 저놈이고 나 한 사람에게만 어려운 문제를 떠넘기려 하는군. 없는 머리라도 스스로 좀 쥐어짜내보면 어떠냐고."

그렇게 말하면서도 밤에는 착실하게 루시타니아, 마르얌, 파르스 3개국의 미녀를 상대로 보내고 즐길 때는 즐기는 기스카르였다. 하지만 이래서는 슬슬 즐거움도 줄여야만 할지 모른다.

"은가면에게 사자를 보내라. 자불 성에는 수비병만 남기고 즉시 엑바타나로 돌아오라고."

생각한 끝에 부하에게 명령했다. 너무 성급하게 은가면의 귀환을 요청하면 자신들의 약한 모습을 보이게 될지도 모르지만 이럴 때는 고압적으로 나가는 편이 좋다고 판단한 것이다. 은가면은 어떻게 나올까. 만약 여전히 자불 성에서 움직이지 않으려 한다면 이쪽에도 생각이 있다.

은가면 경 히르메스 건에는 이렇게 한 수를 두고, 기스카르는 주요 신하들과 무장 등 열다섯 명을 모아 회의를 열었다. 보두앵과 몽페라토 두 장군은 지방에 흩어진 군대를 엑바타나로 재집결시키기 위해 나가고 없었다. 기스카르에게는 이 두 사람이 가장 신뢰할 만한 장수였으므로 기껏 소집한 회의도 기운이 빠져버렸다.

도움도 안 되는 의견이 한바탕 나온 후 기스카르는 지시했다. 조속히 엑바타나 주둔병을 정리해 10만 규모 부대를 편성하라고. 신하들이 술렁거렸다.

"하오나 한 번에 10만 병사를 보낼 필요가 있겠습니까? 우선 1만 정도를 보내 양상을 살피는 것이 어떨는지요?"

"예, 그렇습니다. 10만이나 되는 병사를 움직이기는 쉽지 않사옵니다."

이의가 들끓었다. 기스카르는 눈을 부릅뜨고 일동을 노려보았다. 안광을 받은 신하들이 당황했다. 기스카르는 나직한 목소리로 으름장을 놓으며 말했다.

"아르슬란 왕태자 놈의 군대는 숫자가 8만이라 하며, 대륙공로를 따라 당당히 서진하고 있다. 숫자에 과장이 있다 해도 최소 4만은 될 터. 4만 병력에 1만 병력을 부딪쳐서 승산이 있다고 생각하나?"

"아닙니다……."

"그 사실을 뻔히 알면서 1만 병력을 헛되이 버릴 이유가 없지 않은가. 심지어 루시타니아에게 승리했다는 선전 재료를 파르스 놈들에게 안겨주게 될 것이다. 병력을 아껴서 내보내는 짓은 백해무익하다. 알겠나?"

"알겠습니다. 왕제 전하의 깊은 뜻을 저희가 헤아리지 못하였나이다."

신하들은 감탄했다. 감탄을 들으면 기스카르도 기분이 나쁘지는 않지만 이 정도도 모르는 놈들을 이끌고 파르스군과 싸워야 한다고 생각하면 피로감이 느껴진다. 하다못해 한시라도 빨리 보두앵과 몽페라토를 불러들여 실전 지휘를 맡겨야겠다고 생각해 두 장군에게 급사를 파견했다.

기스카르는 아르슬란의 병력을 4만 정도로 가늠했다. 병력에는 이따금 과장이 들어가는 법이다. 실제 숫자의 두 배 정도 병력을 발표하는 일은 그리 드물지 않다.

사실 이때 기스카르는 나르사스가 강구한 일종의 심리전에 선수를 빼앗겼다. 보통은 실제 숫자보다도 많은 병력을 발표하지만 나르사스는 오히려 실제 숫자보다도 적은 수를 말해 기스카르에게 파르스군의 병력을 과소평가하도록 만들었던 것이다.

"잔꾀일 뿐이지만, 걸려들어주면 우리에게 이익이 되지. 적의 병력을 과소하게 잡고 싶은 건 인간의 심리거든."

레타크(몸종) 엘람에게 나르사스는 그렇게 설명했다.

분명 이 단계에서 기스카르는 걸려들었다. 그러나 '상

대가 4만이라면 이쪽은 5만' 하는 식으로 인색하게 계산을 하지 않았다는 점에서 기스카르는 역시 우둔하거나 범속한 자가 아니었다. 4만의 적에 이쪽은 10만을 마련해 단숨에, 그것도 완전히 부숴버리기로 했다. 이 방식에는 나르사스라 해도 쉽게 파고들 틈이 없다.

누구의 눈에도 보이지 않는, 우둔한 용병가라면 상상도 할 수 없는 파르스와 루시타니아의 본격적인 전투는 이미 시작된 것이다. 전장에서 검과 검이 격돌하는 것은 전투의 최종 단계일 뿐이다.

V

기스카르가 엑바타나에서 온갖 문제에 대응하고 있을 무렵 아르슬란이 이끄는 파르스군은 이미 여정의 1할을 답파하고 있었다.

5월 15일. 여기까지는 전투 한 번도 겪지 않고 전진이 이어졌다. 이 계절이면 파르스의 태양은 슬슬 사람에게 더위를 느끼게 만들지만 공기 중의 습도가 낮아 바람은 기분이 좋았다.

돈점박이 말을 탄 아르슬란은 출격 이래 말이 없었다. 생각해야만 할 일들이 많았다. 출격 3일 차에 북쪽으로 데마반트 산이 보였을 때는 산세가 완전히 뒤바뀌어 놀랐다. 준비를 갖추어 조사하고 싶었지만 현재 아르슬란 군에는 그럴 여유가 없었다. 모든 것은 왕도 엑바타나 를 탈환하고 생각할 일이다. 개인의 흥미를 만족시키는 것은 그 후에 해야만 한다.

데마반트 산 남쪽을 통과했을 무렵부터 전투의 기운은 시시각각 짙어져갔다.

대륙공로를 서쪽으로 나아가는 아르슬란군에게 첫 난 관은 차숨 성새였다. 이 성새는 공로에서 반 파르상(약 2.5킬로미터) 정도 떨어진 언덕 위에 있으며 관목 덤불 과 단층에 에워싸여 공략은 쉽지 않을 것으로 보였다.

그런데 차숨이라는 이름을 들은 다룬과 키슈바드는 고 개를 갸우뚱했다. 그런 성이 존재한다는 사실을 마르즈 반인 그들이 몰랐기 때문이다.

사실 이 성새는 아르슬란 일행이 신두라로 원정을 간 동안 루시타니아군이 급조한 것이었다. 공로의 요소를 장악해 아르슬란군의 행동을 감시하기 위해서였다.

"기스카르라는 자도 제법인걸."

루시나티아군 내부에서 호적수를 발견하고 나르사스 는 싱긋 대담한 웃음을 지었다. 이 정도는 해 주어야만 재미가 있는 것이다. 물론 아군의 피해가 커지면 재미 를 논할 수 없게 되겠지만.

선봉인 자라반트와 이스판에게서는 공성 허가를 내려

달라는 요청이 올라왔다. 젊은 그들에게는 아르슬란 진영에 참가한 이래 첫 전투였다. 자못 피가 끓을 것이다. 그러나 나르사스는 냉정하게 그들의 요구를 거절했다. 엘람을 보내 정찰케 하고 보고를 받자 지도와 대조해가며 입속으로 무언가를 중얼거리다가, 즉시 작전을 결정했다.

"좋아. 차숨 성은 내버려둔다."

자스완트가 조심스럽게 의견을 제시했다.

"성은 내버려둬도 되는 겁니까? 나중에 방해가 되는 일은 없겠습니까?"

"공격해봤자 쉽게는 함락되지 않을 걸세. 게다가 억지로 공격할 필요도 없고. 저런 성은 내버려두고 갈 길이나 가시지요, 전하."

"나르사스가 그렇게 말한다면야."

젊은 군사가 한마디를 할 때는 백 가지 기책이 있음을 아르슬란은 잘 안다. 순순히 허락했다.

나르사스는 엘람과 알프리드를 불러 각각 무언가를 전해 다륜과 키슈바드의 진영에 밀사로 보냈다. 제1진에는 평범하게 사자를 보내, 성에는 신경 쓰지 말고 공로를 따라 직진하라고 통달했다.

이스판과 자라반트는 불만이었으나, 투스가 명령에 따라 전진을 시작했으므로 어쩔 수 없이 자신들도 전진했다.

파르스군의 동향은 차슘 성의 루시타니아군도 정찰대를 보내 알고 있었다. 파르스군 전진 소식은 금방 전해졌다.

차슘 성주는 클레망스라는 장군으로, 마르얌을 정복하는 전투에서도 활약했던 붉은 콧수염을 기른 장한이었다.

"신을 두려워 않는 이교도 놈들. 수백 년에 걸쳐 쌓아온 사교 숭배의 죄를 갚게 해주마."

클레망스는 독실한 이알다바오트 교도였다. 매우 신심이 깊으며, 또한 같은 이알다바오트 교도에게는 친절하고 공정하며 배포가 컸다. 루시타니아에서는 '정의로운 클레망스'라 불렸다.

그러나 이교도에게는 잔인했다. 그가 보기에 이교도는 모두 악마의 부하이며, 그 죄는 너무나도 깊어 죽일 수밖에 없었던 것이다.

"선량한 이교도는 죽은 이교도뿐이다."

이것이 그가 자주 쓰는 말버릇이었다.

"이교도 놈들, 성을 무시하고 서쪽으로 나아갔단 말이냐. 좋아. 평소의 준비가 제 역할을 발휘하겠군."

한편 파르스군에서는 한번 앞길을 서두르기로 한 이상 자라반트도, 이스판도 철저히 행군의 속도를 높였다.

이렇게 되면 한시라도 빨리 적과 만나 싸워야겠다고 생각한 것이다. 연장자 투스의 주의도 흘려듣고 피차,

"자라반트 경, 조금 물러나게."

"시끄럽네, 자네야말로 물러나게."

이렇게 말다툼을 하며 양보하려 들지 않았다.

이리하여 이스판과 자라반트는 서로 아옹다옹 전진을 계속하고, 마침내 제2진과는 5파르상(약 25킬로미터)이나 거리가 벌어지고 말았다.

제2진에서는 처기장 바르하이가 어이없어하며 다륜에게 진언했다.

"성급해도 분수가 있는 법입니다. 다시 불러들이지요."

그러나 흑의기사 '쇼라 세나니(맹호장군)'는 짧게 웃으며 고개를 가로저었다.

제2진 이하의 아군을 내팽개쳐놓고 급진하던 제1진은 16일 오후 루시타니아군과 맞닥뜨렸다. 마침내 적과 만난 것이다. 루시타니아군은 공로에 모래 자루를 쌓고 파르스군의 내습을 막아낼 태세였다.

즉시 전투가 시작되었다. 적군과 충돌했음을 후방에 알리는 한편 자라반트와 이스판은 약간 뒤처진 투스의 도착도 기다리지 않고 기병대를 돌진시켰다. 모래 자루에서 일제히 화살이 발사되어 첫 공세의 파도는 가로막히고 말았다. 그러나.

"당황하지 마라! 좌우로 산개해 모래 자루 후방으로 돌아가라. 형체도 없이 짓밟아주자!"

자라반트가 명령하자, 역시 날래고 용맹한 파르스 기병대는 겁만 먹고 있지는 않았다.

"예, 알겠습니다!"

"약삭빠른 루시타니아 야만인 놈들. 혼쭐을 내주마!"

고삐를 당겼다가 다시 말 배를 걷어차, 모래먼지를 일으키며 돌진을 재개했다. 대륙공로 인근에 적이 없다고 일컬어지는 파르스 기병의 돌진이었다.

그러나 루시타니아인들은 교묘했다. 혹은 교활했다. 좌우로 갈라져 질주를 시작한 파르스군은 모래 자루 후방으로 돌아가려다가 길 위에 그물이 펼쳐진 것을 알아차렸다. 잔재주를 부린다며 냉소하고 검을 뽑아 그물을 잘라냈다. 그물이 허공에 흩어지는가 싶었더니 부웅 기이한 소리가 들리며 수백 수천의 돌덩어리가 파르스군의 머리 위로 쏟아졌다. 그물은 투석기에 이어져 있었던 것이다. 인간의 주먹보다도 커다란 돌이 비처럼 쏟아져 사람이며 말에 부딪쳤다. 비명을 지르며 말이 쓰러지고 기병이 낙마한 채 움직이지 못했다.

아무리 자라반트나 이스판이라 해도 퇴각을 지시할 수밖에 없었다. 그때 모래 자루 너머에서 튀어나온 루시타니아 기사들이 창날을 가지런히 모으고 돌진했다.

"이교도 놈들을 놓치지 마라!"

승세를 탄 루시타니아 기사들이 몰려들었다. 이때 투스가 이끄는 4000기가 도착해 충돌한 양측 군대는 즉시 난전 상태에 빠졌다. 투스 자신도 몇 기의 루시타니아 기사를 동시에 상대하게 되었다.

협공당한 투스는 낯빛 하나 바꾸지 않았다. 오른손의 검을 번뜩여 여러 차례의 참격을 막아내면서 왼쪽 어깨에 감아두었던 쇠사슬을 풀었다.

무시무시한 속도로 쇠사슬이 날아가 루시타니아 기사의 안면을 후려쳤다. 코뼈가 부러지고 앞니가 부서져 안면을 피투성이로 만들며 기사는 말 위에서 허공으로 날아갔다. 다른 기사가 놀랄 틈도 없이 쇠사슬은 허공을 꿈틀거리며 다시 두 명을 안장에서 떨어뜨렸다.

파르스의 아득한 남쪽, 나바타이라는 나라에 전해지는 철쇄술鐵鎖術이었다. 투스는 열 살 때부터 이를 배워 검보다도 더 익숙하게 사용했다.

이스판과 자라반트의 위기를 구해준 셈이라 투스는 체면을 세울 수 있었으나 루시타니아군의 공세를 그 이상은 막아내지 못했다. 후퇴를 지시하고, 추적하는 루시타니아군을 간신히 따돌리며 철수에 성공했다. 철쇄술의 무시무시한 위력은 루시타니아 기사들을 두려움에 빠뜨렸지만 개인의 무용만 가지고 전군의 패세를 뒤집을 수는 없다. 파르스군 제1진은 밀리고 또 밀려, 버티지 못한 채 제2진의 원호도 받지 못하고 후퇴를 거듭했다.

그런데 이때 루시타니아 진영의 클레망스에게 급사가 달려왔다.

"큰일입니다. 적을 쫓아갈 때가 아닙니다. 차슴 성이 파르스군에게 공격당해 함락 직전입니다."

"뭐, 뭐라고?!"

클레망스는 경악했다. 아무리 전투에서 이겨봤자 차슴 성을 빼앗긴다면 루시타니아군은 돌아갈 곳을 잃고 만다.

클레망스는 황급히 공격 중지를 명령하고 군을 되돌렸다. 승세를 타고 깊이 추격하는 바람에 성에서 한참 멀어지고 말았다. 그렇다면 파르스군의 추태는 양동작전이었단 말인가.

갑자기 루시타니아군이 추격을 멈추고 기수를 돌리자 투스 일행은 패잔병을 정돈하고 재편하면서 루시타니아군의 후방을 따라가기 시작했다. 이런 면에서 투스의 통솔력은 보통이 아니었다. 서둘러 달려간 루시타니아군은 커다란 절벽 옆을 통과했다.

그때였다. 호우 같은 소리가 황혼 녘의 하늘을 뒤덮는가 싶더니 무수한 화살이 루시타니아군에게 엄습했다. 루시타니아군은 절규하며 퍽퍽 쓰러졌다. 어느샌가 절벽 위에 파르스군이 숨어 있었다.

"이럴 수가……."

신음한 클레망스는 자신이 함정에 빠졌음을 깨달았다. 파르스군의 별동대는 차슴 성으로 가는 척하면서 모래 자루 뒤에 숨어 있다가 무방비하게 통과하는 루시타니아군을 급습했던 것이다. 혼란에 빠진 루시타니아군에게 단층에서 튀어나온 파르스군이 돌진했다.

파르스군의 선두에는 흑마를 모는 흑의기사가 있었다. 강궁으로 쏜 화살처럼 빠르고 힘찬 돌진이었다. 막으려던 루시타니아 기사들이 피안개를 뿜으며 말 위에서 굴러떨어졌다. 클레망스는 자신이 외치는 비명 소리를 듣고, 파르스인의 장검이 황혼 녘의 빛에 번뜩이는 모습을 보았다.

"자, 이렇게 되고 싶은 자는 말을 몰아 다륜 앞으로 나오너라!"

한순간 루시타니아군은 말문이 막혔으나, 클레망스 장군의 머리가 눈앞에 내팽개쳐지자 비명을 지르며 도망쳤다. 무용이 뛰어난 사내인 클레망스가 파르스의 흑의기사에게 단칼에 쓰러지고 말았던 것이다.

루시타니아군에 카스텔리오라는 기사가 있었는데, 그의 가족은 클레망스 덕에 목숨을 건진 적이 있었다. 카스텔리오는 은인의 원수를 갚고자 도망치는 아군들 사이에서 오로지 홀로 버티면서 파르스군을 향해 잇달아 화살을 쏘았다. 2기를 거꾸러뜨렸으나 세 번째로 나타난, 길고 아름다운 머리카락을 가진 파르스인의 검에 오른쪽 팔꿈치를 꿰뚫리고 말았다. 카스텔리오가 낙마한 것을 지켜보고 그 파르스인, 다시 말해 파랑기스는 부하에게 명령해 그를 포로로 삼았다. 용감한 루시타니아 기사는 가죽끈에 묶여 파르스군의 총수 앞으로 끌려나왔다. 죽음을 각오했으나 아직 소년인 총수는 그의 목숨을 빼앗지 않았다.

"살아서 엑바타나로 돌아가 루시타니아 국왕에게 고하라. 가까운 시일 내로 파르스 식 예의범절에 따라 아르슬란이 찾아뵙겠노라고."

이리하여 기사 카스텔리오는 자신과 애마의 목숨을 건진 채 불명예스러운 패배를 아군에게 전하는 사자가 되어 대륙공로를 따라 서쪽으로 달려갔던 것이다.

제 4 장 피땀에 물든 대륙공로

Ⅰ

　무력화한 차슘 성을 보병 2천으로 포위해두고 파르스
군은 서진을 계속했다. 성새를 원해 싸운 것이 아니었
다. 방해물을 배제해 후방의 안전이 확보되면 그것으로
족했다. 차슘 성의 병력은 성 밖에서 거의 궤멸되었으
며 남은 병력은 요새에 농성하며 여전히 저항의 뜻을 보
였다. 그들이 '죽어도 이교도에게는 항복하지 않겠다'
고 비장한 결심을 다지는 것은 그들 마음이지만 파르스
군이 여기에 같이 어울려주어야 할 의무는 없다.

　그런 이유로 파르스군은 대륙공로를 똑바로 나아갔던
것이다.

　루시타니아군에게는 계산착오도 이만저만이 아니었
다. 요새인 차슘 성에 파르스군을 붙잡아놓고 적어도

열흘 정도는 시간을 벌 수 있으리라 생각했는데 파르스 군은 겨우 하루 만에 그곳을 통과해버린 것이다.

"멍청한 놈들. 왜 성에서 나와 싸운 거냐. 농성해서 적이 포위하게 만들었어야지."

그렇게 이를 갈았던 것은 보두앵 장군이었다. 왕도로 돌아와 기스카르 공작에게서 대 파르스 전의 실전지휘를 위임받은 것이다.

"새삼스레 말해봤자 무엇하나."

몽페라토 장군이 무거운 목소리로 동료를 타일렀다. 그도 역시 보두앵과 함께 실전지휘 책임을 분담하고 있다. 왕제 기스카르에게서 신임을 받은 점은 기쁘지만 책임은 무거웠다.

기병에 대해, 보병에 대해, 병량에 대해, 지형에 대해…… 논의해나가는 사이에 이번에는 몽페라토가 탄식했다.

"내 생각에, 애초에 아트로파테네 전투에서 이겨버렸던 것이 잘못 아니었나 싶네. 그때 무승부를 거두었거나 석패했더라면 우리는 마르얌에서 원정을 그치고 고국으로 돌아갔을지도 모르는데."

"이보게, 자네야말로 새삼스레 그런 말을 해서 무엇하나. 아트로파테네에서 이겼기에 우리가 파르스의 부를 거둘 수 있었던 것 아닌가."

보두앵이 쓴웃음을 짓고, 마음을 다잡으려는 듯 몽페라토는 고개를 끄덕였다. 그러나 그들은 기스카르의 신임을 받을 만큼 유능한 무장이었으며, 유능한 만큼 아군의 약점을 잘 보고 있었던 것이다.

우선 루시타니아군, 특히 하급 병사들 사이에서 고국으로 돌아가고 싶다는 목소리가 나오기 시작했다. 병사라 해도 루시타니아군 약 30만 중에서 직업병사는 10만 정도다. 나머지는 농민이나 목동 같은 자였다. 그들의 입장에서는 이교도를 해치우고 소소하나마 재물을 배당받았으며 운 좋게 살아남았으니 슬슬 고향에 돌아가 평화로운 생활을 보내고 싶은 것이 본심이었다.

"파르스인지 뭔지 하는 먼 나라까지 가서 악마 같은 이교도 놈들을 해치운 용사가 마을에 돌아왔다지. 대단하지 않나? 우리 딸을 아내로 받아주면 우리 집안의 큰 명예일 텐데……."

젊은 병사들은 그러한 광경을 상상하기도 했다. 그들이야말로 파르스 민중들이 보기에는 침략자이자 약탈자이자 살인자이자, 그야말로 전설에 나오는 사왕 자하크의 부하나 같은 존재다. 그러나 미천한 지식과 순수하지만 좁은 신앙심은 인간에게서 상상력을 빼앗아가고 만다. 자신들과 다른 신을 믿고 다른 문화와 풍습 속에서 생활하는 사람들이 존재한다고는 생각도 할 수 없는 것이다.

아무튼 이겼다고 들떠 소란을 피우던 단계는 이미 지나가고, 원정군의 사기를 높이 유지하기란 어려운 시기가 되었다.

이 사실은 몽페라토나 보두앵만이 아니라 기스카르도 잘 알고 있었다. 무뚝뚝하게 입을 다물고 생각에 잠긴 왕제에게 부하 한 사람이 위로하듯, 또한 아첨하듯 말을 걸었다.

"어찌 됐든 안드라고라스를 살려두어서 다행이로군요."

가령 파르스군이 엑바타나까지 진격한다 해도 안드라고라스를 성문 앞에 세우고 목숨을 빼앗겠다고 위협하면 파르스군은 속수무책이 아니겠는가.

"글쎄, 과연."

기스카르는 그리 낙관하지 않았다. 만약 아르슬란이라는 왕자가 아버지의 생명보다도 왕위를 중히 여기는 인간이라면 안드라고라스에게는 인질의 가치가 없다. 안드라고라스를 죽이면 오히려 아르슬란에게 왕위로 가는 길을 열어줄 뿐이다. 안드라고라스를 인질로 삼는다는 생각은 속세 일에 완전히 무능한 이노켄티스조차 떠올릴 만한 일이다. 파르스군이 이를 모를 리가 없다.

애초에 싸우기도 전부터 안드라고라스 왕을 인질로 삼

는 짓을 생각하다니 무슨 짓인가. 패배하면 수단을 가리지 못할 수도 있겠지만, 그 전에 이길 방책을 생각해 두어야 하지 않는가.

실전은 몽페라토와 보두앵에게 맡긴다 해도, 병량을 갖추고 무기를 갖추고 전군의 질서를 바로잡고 엑바타나 성벽을 수리하고 물을 비축하고, 이 모든 기본 계획을 입안하여 책임자를 인선하는 일은 모두 기스카르가 할 일이고, 그의 고생은 매우 컸다.

"이제 얼마 남지 않았다. 곧 모든 일에 결판을 내 주마."

기스카르는 결심했다. 아르슬란 왕태자의 파르스군을 격멸한다. 살려둘 필요가 사라진 안드라고라스 왕과 타흐미네 왕비도 죽인다. 정체를 알 수 없는, 나날이 위험한 분위기를 더해가는 은가면도 제거한다. 보댕 대주교도 반드시 없앤다. 그리고 모든 적대자를 정리한 후에 그는 손에 넣을 것이다. 루시타니아, 마르얌, 파르스 구 3국에 걸친 새로운 제국의 지배자 자리를.

"이의를 제기하는 자는 누구 하나 살려두어선 안 된다."

기스카르의 중얼거림은 자기 자신에게 한 말이기도 했다. 형에게서 왕위를 빼앗는 것은 역시 씁쓸한 뒷맛을 가져다주는 행위이다. 그렇기에 오늘날까지 왕제의 신분을 감수하고 국정과 군사의 실권을 쥔 처지로 만족해왔다. 그러나 이제는 충분하지 않겠는가.

"모든 것이 잘 돌아간다면 그것이야말로 신이 바라는 바겠지. 신이 내려준 것을 거부한다면 오히려 신의를 저버리는 일이 아닌가."

마치 보댕 대주교 같은 논법으로 기스카르가 자신을 설득하는 데 성공했을 때, 그에게 왕위를 빼앗길 예정인 사내가 어슬렁어슬렁 방으로 들어왔다.

"기도는 벌써 마치셨소?"

기스카르가 먼저 말을 건네자 이노켄티스 7세는 비밀스러운 표정으로 목소리를 죽였다.

"마쳤다. 그보다도 미리 말해두고 싶은 것이 있어서 말이다. 마르얌과 파르스가 손을 잡는다면 조금 위험하지 않겠느냐, 동생아."

누군가에게 파르스와 마르얌의 잔당끼리 손을 잡을 가능성을 귀띔해준 모양이었다.

"그야 분명 위험하겠지만 심각하게 생각하실 필요는 없소."

"그럴까? 허나 동쪽에서 파르스 왕당파, 서쪽에서 마르얌 잔당 양쪽이 협공을 하면 대응하기 힘들지 않을지."

역시 그 정도는 이해할 수 있는지 이노켄티스의 두 눈에 불안의 잔물결이 흔들리고 있었다. 루트루드 후작의 병사가 다르반드 내해에서 마르얌 군선을 보았다는 소문은 기스카르도 들은 바 있다.

"패자들끼리 서로 상처를 핥아준다 한들 무엇이 생겨나겠소. 특히 마르얌의 잔당 따위에게는 아무런 힘도 없지요. 염려 마시오, 형님."

마르얌이라 하면 오히려 기스카르는 보댕 대주교를 걱정해야 할 판이었다. 자불 성에서 쫓겨난 대주교가 도망칠 곳은 마르얌 말고는 없다. 물론 사자를 파견해 발견 즉시 보댕을 반역죄로 체포하라는 명령은 내려두었다. 그러나 마르얌 주둔 루시타니아군에서는 보댕 파의 세력이 강하다. 자칫 잘못하면 마르얌이 통째로 왕과 왕제를 거역할 수도 있는 것이다.

만일 사태를 처리하는 데 실패할 경우 그들 루시타니아인은 태양이 빛나는 파르스의 하늘에서, 비옥한 파르스의 대지에서 영원히 추방당할 것이다. 그리고 지배자가 아니라 단순한 도적의 무리로 파르스인들의 기억에 남을 뿐이다. 장대한 개막에 비해 참으로 비참한 결말이 아닌가.

형왕을 일단 안심시켜 내보내고 한숨을 돌리며, 기스카르는 파르스의 명품 나비드를 방으로 가져오게 했다. 홍옥색 술을 채운 알라바스타 잔, 시트론 열매며 아몬드를 담은 은접시를 시녀가 놓고 물러나자 기스카르는 술잔을 들어 입에 가져가려다 문득 손을 멈추고 혼잣말을 했다.

"과연 파르스와 루시타니아, 어느 쪽의 신이 이길지. 이쪽은 하나고 저쪽은 다수인데……."

II

차슘 성을 돌파한 파르스군의 진격에 직면한 루시타니아군의 거점은 산 마누엘 성이었다. 성의 이름은 루시타니아 역사상 귀족 중에서는 처음 이알다바오트 교로 개종한 인물에서 유래되었다. 원래는 옛 시대에 파르스의 요새였으나 방치되어 황폐해진 것을 루시타니아군이 개축해 쓰고 있다.

성주는 바르카시온 백작이라는 사람이었다. 굳이 비교하자면 무예보다는 학문이 뛰어난 사람이며, 루시타니아에 있을 때는 왕립도서관장을 지낸 적도 있다. 나이도 예순에 가깝다. 머리는 앞쪽 절반이 벗겨지고 뒤쪽 절반은 백발이며 어째서인지 콧수염만은 검었다. 그는 성내의 홀에 기사들을 모았다.

"왕제 전하의 명령이다. 충실한 루시타니아 신민이자 겸허한 이알다바오트 신의 종복들이여, 마음을 기울여 들으라."

바르카시온 백작이 엄숙하게 고하자 기사들은 갑주와 칼코등이를 울리며 공손히 무릎을 꿇었다. 벽에 걸린 수십 개의 횃불이 불그림자를 일렁이고 있었다.

왕제 기스카르에게서 온 명령은 차슘 성 때와 다르지 않았다. 다가올 이교도와의 결전에 앞서 이교도의 군대를 이 성에서 막아내고 시간을 벌면서 조금이라도 적의 전력을 소모시키라는 것이었다. 엑바타나의 본군도 가능한 한 빨리 진용을 갖추어 원군을 보낼 테니 그때까지만 노력하라는 말도 있었으나, 솔직히 말해 바르카시온 백작은 원군을 기대하지 않았다. 자신들이 거대한 군략 속의 조그만 소모품이라는 사실은 이미 각오한 바였다.

"왕도에서는 무언가 다툼이 일어나 대주교 보댕 예하가 도망치셨다느니, 템페레시온스가 마르얌에서 왔다가 다시 떠났다느니 하는 온갖 소문이 이곳에도 흐르고 있다."

바르카시온 백작이 일동을 둘러보았다.

"그러나 그러한 소문이 사실에 따른 것이라 하더라도 우리가 관여할 필요는 없다. 우리는 루시타니아인으로서, 또한 이알다바오트 교도로서 자신과 남에게 부끄러움이 없는 싸움을 보여줄 뿐이다. 경들은 잊지 말지어다. 우리는 정의의 신이 이교의 악마들을 지상에서 일소하기 위한 첨병이라는 사실을!"

"신이여, 지켜주소서."

기사들은 일제히 고개를 숙였다.

집회를 마치고 홀을 나와 자신의 방으로 가려던 바르카시온 백작은 궁륭 천장을 가진 어스름한 복도에서 한 수습기사와 마주쳤다.

"백작님, 잠시만 기다려 주십시오."

"오, 그대로군. 무슨 일인가."

멈춰 선 백작에게 말을 건 목소리는 애젊고 열기가 있었다. 몸집도 자그마했다.

파르스군과의 전투에서 자신도 선봉으로 나가고 싶다는 말에 백작은 슬쩍 고개를 가로저었다.

"마음은 이해하네만 나는 조부에게서 그대를 맡은지라, 일부러 싸움터에 나가지 말고 자중하며 다음 기회를 기다려 주었으면 좋겠군."

"실망스러운 말씀을 하시는군요. 제가 조국을 떠나 이곳까지 온 것은 어디까지나 싸우기 위해서입니다. 마르얌에서도 파르스에서도 늘 이런저런 이유와 함께 후방으로 배치되기만 했습니다. 이번에는 파르스의 이교도들을 물리치지 않고선 직성이 풀리지 않겠습니다."

"그러나 에투알."

"설령 백작님의 허락을 받지 못하더라도 저는 전투에 참가하겠습니다. 아…… 오만하게 들렸다면 사과드리겠습니다. 그 정도로 이교도들과의 싸움을 바라고 있음을 헤아려 주십시오."

바르카시온 백작은 무거운 눈꺼풀 안에서 에투알이라는 수습기사를 바라보았다. 심려 깊은 노인의 시선은 젊은 시선에 부딪쳐 튕겨나왔다.

"아무래도 말려봤자 허사인 모양이구먼."

한숨과 섞여 나온 한마디였다. 들은 자는 말한 자보다 훨씬 기뻐했다.

"그러면 백작님, 허락해주시는 것입니까?"

"어쩔 수 없지. 그러나 부디 경거망동은 삼가도록. 그대에게 만에 하나 무슨 일이 생긴다면 조부를 볼 낯이 없으니."

"예, 명심하겠습니다. 시간을 빼앗아 정말 죄송합니다."

잇달아 고개를 숙이고 수습기사는 몸을 돌리더니 포석 위를 가벼운 걸음으로 뛰어 사라졌다. 백작은 고개를 가로저으며 중얼거렸다.

"한번 싸우면 전투의 비참함도 알게 되겠지. 그것도 일단 한 번의 전투에서 살아남은 다음의 이야기지만."

초전에 승리한 파르스군 내에서도 실망한 표정은 더러 보였다. 제1진이 특히 그러했다.

자라반트나 이스판의 입장에서는 그야말로 체면을 구긴 첫 전투였다. 루시타니아군의 잔꾀에 걸려들어 패주하다 투스 덕에 살고, 적장의 목은 다륜이 취하게 되었다. 자라반트나 이스판은 단순한 들러리 노릇으로 끝나고 말았던 셈이다. 유감스러울 뿐만 아니라 못난 자신이 분해서 참을 수가 없었다.

"다음 전투에서는 반드시 명예를 되찾고 말겠다."

굳게 결심하고 이스판과 자라반트는 제1진을 끌고 돌진했다. 그들과 나란히 선, 그들과는 달리 체면을 차린 투스가 딱히 자랑스러워하는 기색도 마음이 들끓는 기색도 없이 담담한 표정으로 군을 전진시키고 있었다.

"패하고도 반성하는 것처럼 보이지는 않는군요. 또 혼쭐이 나봐야 할 것 같습니다."

천기장 바르하이가 비아냥거리는 목소리를 듣고 '마르단후 마르단(전사 중의 전사)' 다륜이 웃었다.

"져서 풀이 죽은 것보다는 훨씬 낫지. 저들이 자신의 역할을 다해주지 못했다면 겨우 하루 만에 차슘 성을 무력화하지는 못했을 테니 말일세."

바로 그랬다. 이스판과 자라반트의 패배가 그럴듯했기에 루시타니아군은 자신도 모르게 승세를 타고 열심히 추적했고, 그 결과 나르사스가 세운 기책이 모조리 정곡을 찔렀던 것이다.

"모든 전투에서 이기기만 할 수는 없네. 가능하다면 왕도 성문을 볼 때까지 피를 적게 흘렸으면 하네만, 루시타니아군은 그 반대를 원하지 않겠나."

흑의기사는 새까만 투구를 뒤집어쓴 머리를 돌려 대열에 파묻힌 길을 바라보았다.

"이 대륙공로가 언젠가 인마의 피와 땀으로 물들 때가 오겠지."

5월 20일, 파르스군은 샤흐리스탄 평원에 포진하고 광대한 지역에서 하르나크(수렵제狩獵祭)를 열었다

파르스에만 국한된 이야기는 아니지만, 대규모 수렵은 중요한 전투 훈련의 역할을 한다. 특히 기마술과 궁술을 연마하는 데에는 경시할 수 없다. 샤흐리스탄 평원은 파르스 5대 수렵장 중 하나로 꼽히며 사자, 눈표범을 비롯한 사냥감이 매우 풍부했다. 거의 동서 5파르상(약 25킬로미터), 남북 4파르상(약 20킬로미터) 넓이의 지역 내에 초원이 있고 삼림이 있고 늪지가 있으며, 지형은 험하지 않고 기복이 다양해 파르스인들에게는 말을 모는 즐거움을 마음 내킬 때까지 맛볼 수 있는 곳이었다.

싸움을 앞둔 축전이자, 가까운 산 마누엘 성에서 농성 중인 루시타니아군에 대한 시위이자, 파르스 백성들에게는 왕권 회복이 다가왔음을 알리는 것과 동시에 신들

에게는 사냥감을 바쳐 가호를 비는 여러 가지 목적이 있는 행사였다. 그저 느긋하게 놀기 위한 자리만은 아니었다.

그렇다고 해서 낯을 찡그리고 있을 필요는 물론 없다. 아르슬란 이하 장병들이 100기에서 200기의 조그만 집단을 이루어 평원을 달리고 화살을 쏘며 파르스인다운 방법으로 자연과의 교류를 즐겼다. 물론 아르슬란은 성격상 토끼나 사슴에게는 도저히 화살을 쏘지 못했지만.

한편 현명하고 권모술수에 뛰어난 나르사스라 해도 인계의 모든 일에 통달한 것은 아니었으며, 하물며 우연한 사건까지 내다볼 방법은 없었다. 천 기를 헤아리는 루시타니아 기사가 산 마누엘 성에서 나와 샤흐리스탄 평원에 다가오고 있음을 알지는 못했다.

이 부대가 샤흐리스탄 남쪽 끝에서 200기 정도의 기사를 대동한 파르스 왕태자와 딱 맞닥뜨리고 말았다.

수렵은 루시타니아인들에게도 중요한 의식이지만 이 경우 더 심각한 의미가 있었다. 하나는 전투에 앞서 사슴과 들소의 고기를 비축해두기 위해. 또 하나는 접근한 파르스군을 조사하기 위해서였다. 공로를 따라 다가오는 파르스군과 직면하지 않도록 우회했던 결과가 이것이었다.

파르스의 신들을 공경하는 사람들과 이알다바오트 신

을 섬기는 자들 중 어느 쪽이 더 놀랐는지는 알 수 없다. 그들은 한순간의 공백을 공유했으나 그야말로 한순간일 뿐이었다. 순식간에 적의가 폭발해 검이 칼집에서 빠져나왔다. 태양의 파편이 지상에 내던져진 것처럼 무수한 번뜩임이 하늘과 땅 사이를 가득 메웠다.

어느 쪽이 먼저 달려들었는지는 알 수 없다. 탐색전을 벌일 의미도 없었다. 칼날 소리가 울려 퍼지고, 그 순간부터 야수들은 무시된 채 인간이 인간을 사냥하는 싸움이 시작되었다.

III

파링기스는 말 위에서 활을 겨누고 쇄도하는 루시타니아 기사를 향해 잇달아 시위를 울렸다. 지근거리에서 날린 연사였다. 다섯 번째로 시위가 죽음의 곡을 연주했을 때 다섯 번째 루시타니아 기사가 오른쪽 옆구리를 꿰뚫려 두 발로 허공을 박차며 낙마했다.

"누가 어서 다륜 경이나 나르사스 경에게 알려라!"

파랑기스가 외치고, 그 외침이 끝났을 때에는 여섯 번째 기사의 오른쪽 위팔을 꿰뚫어 전투 불능 상태로 빠뜨렸다. 말의 목덜미에 매달려 간신히 낙마를 면한 루시타니아 기사는 그 방향 그대로 말을 몰았지만 전방의 숲에서 느닷없이 100기 정도 되는 인마가 튀어나와 불행한 사내를 말 위에서 쳐 떨어뜨리고 말았다. 물론 루시타니아인의 집단이 아니었다. 비교적 가까운 거리에 있던 키슈바드의 부대가 칼 소리와 사람 목소리를 듣고 달려와준 것이었다. 즉시 난전의 소용돌이가 확대되고 피비린내가 진해졌다.

미스르나 신두라의 장병에게 두려움의 대상이 되는 '타히르' 키슈바드가 루시타니아인들에게 신기를 보여준 것은 이날이 처음이었다.

키슈바드의 두 손에서 검광이 번뜩이고 금세 혈광血光이 터져 나왔다. 목덜미의 급소를 베인 루시타니아 기사 두 명이 동시에 안장 위에서 몸을 젖히고 햇빛을 솟구치는 피로 가리며 땅에 떨어졌다.

그 무렵 엘람은 들풀을 말발굽으로 짓이기며 나르사스에게 달려갔다.

나르사스는 본영 막사에서 도면을 들여다보고 있었다. 본인이 그린 도면은 아니었다. 샤흐리스탄 일대의 지형과 길을 정확하게, 또한 치밀하게 그린, 전문 화가가 그린 것이었다. 녹차 찻잔을 막 손에 들었을 때 엘람이 뛰어와선 급보를 알려 미래의 궁정화가는 결국 차를 마시지 못했다.

나르사스의 입장에서는 이만큼 '세련되지 못한' 조우

전에서 피를 흘리는 일은 참을 수 없었지만 그렇다고 왕태자 일행을 죽게 내버려둘 수는 없었다.

"엘람, 수고스럽겠지만 다륜의 진으로 가서 상황을 알려다오. 나도 즉시 샤흐리스탄으로 갈 테니."

도면을 내팽개치고 자신의 말을 매놓은 곳으로 뛰어갔다. 기사 중 한 사람에게 산 마누엘 성 방면의 길을 봉쇄하도록 지시하고 말에 올라 달려 나갔다. 어깨 너머로 돌아보니 뒤처져서 따라오는 자가 1기 있었다. 불그레한 기운을 띤 머리카락에 하늘색 천을 감은 소녀였다

"재빠르군, 알프리드."

"내 장점이라곤 그것뿐인걸."

"활은 가져왔나?"

"물론이지. 적 열 명하고 아군 다섯 명 정도는 쏴버릴 수 있어."

"아군을 쏘면 곤란한데."

"나도 그럴 생각이긴 한데, 내 화살은 가끔 근시가 되더라고."

이 아가씨와 이야기를 나누고 있으면 심각함을 잊게 된다는 생각을 하며 나르사스는 계속 말을 몰았다.

그런데 사태는 상당히 심각했다.

아르슬란에게는 기묘하게 요령이 좋지 못한 면이 있는 모양이었다. 도망치라는 부하의 말에 고분고분 따르기

는 했는데, 어느샌가 파랑기스나 자스완트와도 떨어지는 바람에 홀로 포플러 숲 속에서 거구의 루시타니아 기사와 맞닥뜨렸던 것이다.

하다못해 자기 목숨 정도는 자기 손으로 지켜야겠다고 아르슬란은 생각했다. 상대가 은가면, 즉 히르메스 왕자 같은 난적이라면 다륜이나 키슈바드에게 맡길 수밖에 없다. 그러나 상대는 단순한 기사가 아닌가. 아마도.

아르슬란의 내심 따위 아랑곳 않고 그 루시타니아 기사는 검을 들고 돌진했다. 그 거구와 박력에 압도되면서도 아르슬란은 교묘하게 고삐를 놀려 돌진을 피했다. 갑주와 안장이 무거운 소리를 내며 아르슬란의 바로 옆을 스쳐 지나갔다. 기사는 으르렁거리는 소리와 함께 기수를 돌리고 다시 육박했다.

아르슬란이 공격하는 척하자 기사는 약간 과장되게 말과 함께 뒤로 물러나더니 이어서 반격으로 나섰다. 힘은 있지만 크게 휘두르는 참격이었으므로 아르슬란도 충분히 받아낼 수 있었다. 날카로운 칼 울리는 소리와 동시에 손목에 무거운 충격이 전해졌다. 완력이 엄청난 사내였다. 검도 무겁고 참격도 무겁다. 제대로 맞붙는다면 손이 저려서 검을 놓치고 말 것 같았다.

다행히 기마술에서는 아르슬란이 뛰어났다. 아직 열다섯도 안 되었다고는 하지만 파르스인은 기마민족이다.

루시타니아 기사는 죽음에 직결된 참격을 잇달아 펼쳤으나 거의 허공을 갈라 거구를 이리저리 휘청거릴 뿐이었다.

　마침내 아르슬란의 검이 텅 빈 루시타니아 기사의 목덜미에 꽂혀 승패가 갈라졌다. 말의 등에서 지상까지 극히 짧은 여행을 하는 동안 기사는 고통에서 영원히 해방되었다. 아르슬란의 등 뒤에서 다른 비명이 들렸다. 왕자에게 육박해 창을 내지르려던 루시타니아인이 하늘에서 급강하한 그림자에게 두 눈을 잃은 짓이나.

　"아즈라일!"

　아르슬란이 이름을 부르며 왼팔을 들자 용감한 매는 크게 날갯짓을 하며 날개 없는 벗의 손목에 앉아 길게 울었다.

　아르슬란이 안도해 폐에서 공기 덩어리를 토해냈을 때, 새로운 기마의 그림자가 달려왔다. 아즈라일이 위협성을 냈다. 그러나 머리에 흰 터번을 감은 사내는 루시타니아인이 아니었다.

　"아아, 전하. 무사하셨군요. 다행입니다. 만일 전하의 몸에 무슨 일이 있었다면 난 다륜 경과 나르사스 경과 파랑기스 님께 번갈아가며 목을 졸려 죽었을 겁니다."

　신두라 젊은이가 서툰 농담을 마치기도 전에 여러 명의 말발굽 소리가 들려오더니 루시타니아군의 인마가

한 덩어리가 되어 아르슬란과 자스완트의 시야에 뛰어들었다. 두 사람과 매 한 마리와 말 두 마리는 금세 포위당해, 쳐들고 내리치는 칼날의 원에 갇히고 말았다.

루시타니아 기사의 참격을 받아내고 짧지만 격렬한 칼부림 끝에 지상에 떨어뜨린 자스완트가 시선을 돌리더니 환희의 목소리를 냈다.

"다륜 경이다!"

바로 그랬다. 급속도로 다가오는 칠흑색 망토 안감이 피에 물든 깃발처럼 펄럭이고 있었다. 그 모습을 향해 대검을 치켜든 루시타니아 기사가 말을 몰았다.

그러나 흑의기사는 강철의 바람이 되어 루시타니아인의 옆을 스쳐 지나갔다. 파르스의 장검이 죽음을 가져다주는 번개가 되어 내리꽂혀 루시타니아의 갑주를 쪼개고 그것이 보호하던 두개골을 산산이 부수었다.

루시타니아인의 피가 붉은 비가 되어 파르스의 대지에 쏟아졌다. 다륜의 망토 안감이 찢겨나간 것처럼 보일 정도였다.

흑의기사는 거무스름한 은색 칼날로 선홍색 호를 허공에 그렸다. 미숙한 음유시인이라면 '베고 베고 마구 베었다' 고밖에는 형용하지 못하리라. 그의 주위에서는 루시타니아어 비명과 절규가 솟아나고 그럴 때마다 산 자의 땀과 죽은 자의 피가 튀었다.

사투가 전개됨에 따라 흙먼지가 피어나 그것이 전사들의 입과 코를 통해 폐로 빨려 들어간다. 산 자, 죽은 자, 반쯤 죽은 자가 말 위와 지상에서 한데 얽히고 감기고 부딪쳐 언제 끝이 날지도 알 수 없었다.

이제는 파르스인과 루시타니아인의 숫자가 엇비슷해졌다. 파르스인 쪽에는 두 명의 마르즈반이 세 자루의 검으로 적을 휩쓸어 파르스인의 지옥과 루시타니아인의 천국 양쪽에 잇달아 적을 보내주었다.

아르슬란의 인쪽에는 기스완드가 서서 깁을 휘두르고, 오른쪽에는 파랑기스가 달려와 지근거리 사격으로 루시타니아인을 쏘아 떨어뜨렸다.

루시타니아군은 베이고 찔려 무너져갔다. 그들은 활이나 검을 들지 않은 짐승을 사냥할 생각이었는데, 그들 자신이 이교도들의 사냥감이 되고 있었다.

이교도에게 등을 돌리는 일은 이알다바오트 신의 전사라는 긍지가 용납하지 않았다. 그러나 숫자에서 점점 열세에 몰리고 있었으며, 사정을 아군에게 알릴 필요도 있었다. 결의한 병사 하나가 퇴각을 알리기 위해 왼손으로 나팔을 들어 불려 했다.

파랑기스가 화살을 쏘았다.

루시타니아 병사가 나팔을 부는 일은 없었다. 영원히. 나팔은 햇살을 반사하며 지면에 떨어지고 돌에 부딪쳐 굴러갔다. 소유자는 목에 화살이 꽂힌 채 말 위에서 모습을 감추었다.

이 나팔 소리가 울려 퍼지지 못했기 때문에 루시타니아군은 질서정연하게 퇴각할 계기를 잃고 조금씩 조금씩 혼전에 빠져 들어갔다. 혼전 한복판에서 다륜의 용전은 타의 추종을 불허했으며, 그의 흑의는 루시타니아인들에게 죽음의 상징이 되었다. 그는 장창을 안장 옆에 걸쳐놓았는데 아직 이를 쓰지 않은 채 무시무시한 장검을 종횡무진 휘둘러 하늘과 지상 사이에 유혈의 다리를 세웠다.

느닷없이 화살 소리가 다륜을 향해 내달렸다.

조준은 정확했다. 화살은 다륜의 까만 갑주에 소리를 내며 명중했다. 그러나 조준의 정확성에 비해 활의 힘이 약했다. 화살은 흉갑을 뚫지 못하고 튕겨 나와 모래먼지 속에 떨어졌다.

까만 투구 안에서 다륜은 날카로운 시선을 돌려 자신을 쏜 상대를 보았다. 점박이 말을 탄 루시타니아인. 손에 든 활에 새로운 화살을 메겨 시위를 잡아당기려는 참이었다.

다륜이 돌진했다. 보름달 모양으로 구부러진 활에서 화살이 튀어나갔다. 장검의 칼날이 날아드는 화살을 베어 냈다. 사수가 필사적으로 말과 함께 상대의 공세를 피하려 했을 때 다륜의 장검이 공기를 갈랐다. 튕겨져 나가는 듯한 소리가 들리고 둘로 갈라진 활이 허공으로 치솟았으며 검 옆면이 루시타니아인의 투구를 후려쳤다.

손에 전해진 반응이 의외로 약했다. 조그만 몸집에 커다란 갑주를 착용했던 것이다. 그것이 인체에 전해지는 충격을 약하게 만들었으리라. 루시타니아 기사는 말 위에서 몸을 휘청거리고 균형을 잃었으나 고삐를 당겨 낙마를 면했다. 대신 희생된 것처럼 투구가 날아가 떨어졌다.

루시타니아인의 머리가 드러났다. 바람에 나부낀 것은 머리카락이었다. 어깨 아래까지 닿는 긴 머리카락. 엷은 갈색에 윤기가 있는 머리카락. 그것이 하얀 얼굴을 세 방향에서 감싸고 있었다.

"여자였군!"

대담한 다륜도 허를 찔릴 수밖에 없었다. 그 순간 상대는 검을 뽑아 날카롭게 내질렀다.

번개 같은 일격이었다. 그러나 다륜은 놀라기는 했어도 방심은 하지 않았다. 장검으로 받아내며 손목을 놀리자 루시타니아 여성의 검은 높은 소리와 함께 날아올라 호를 그리며 땅에 떨어졌다.

투구와 무기까지 잃고도 루시타니아의 여전사는 조금도 움츠러들지 않았다. 진한 벌꿀색 눈에 격렬한 광채를 머금고 있었다.

"죽여라, 이교도!"

외친 얼굴은 아름답기는 하지만 아직 어린아이였다. 기껏해야 열다섯, 아르슬란과 동년배일 것이다. 도저히 죽일 마음이 들지 않았다.

"서운한 소리는 하지 않을 테니 도망쳐라."

짧게 내뱉고 기수를 돌리려 했으나 소녀는 적이 베풀어준 온정을 감수하지 않았다.

"비겁자! 여자에게 등을 돌리겠다는 거냐. 돌아와서 승부를 내라! 파르스인은 구제할 길 없는 겁쟁이인 거냐, 아니면……."

잇달아 외치려던 목소리는 중간부터 루시타니아어로 바뀌는 바람에 다륜은 알아들을 수 없었다. 그는 쓴웃음을 짓고 말을 몰아 그 자리를 떠나려 했다.

문득 다륜이 마음을 바꿔먹은 것은 이 소녀가 정신없이 전장을 뛰어다니다가 가차 없는 칼날에 목숨을 잃을 가능성이 높다고 생각했기 때문이었다. 그는 말없이 흑마를 루시타니아 소녀에게 돌리더니 안장에서 장창을 꺼내 들었다.

그 동작을 보고 루시타니아 소녀는 재빨리 움직였다. 도망치려고는 하지 않았다. 지상에 떨어진 검을 주우려 한 것이다. 그 꿋꿋함에 감탄하면서 다륜은 장창을 내질렀다.

장창은 소녀의 갑옷 목덜미를 무시무시할 정도로 정확하게 찔렀다. 다륜이 두 팔에 힘을 주어 창 자루를 들어 올리자 소녀의 몸은 안장에서 떠오르고 말았다. 소녀는 하얀 얼굴을 새빨갛게 물들이며 두 다리로 허공을 박찼다.

"놔라, 무례한 놈! 뭐 하는 짓이냐?!"

몸이 가벼워진 말은 한바탕 울더니 인간들이 서로 살육을 벌이는 장소에서 도망치고 말았다. 허공에서 발버둥을 치며 소녀는 움츠러들지도 않고 분노와 항의의 고함을 질렀다.

"일단 생포해두게. 아직 어리니 너무 거칠게 다루지는 말고."

달려온 서너 명의 부하들에게 그렇게 명령하고 다륜이 창 자루를 비스듬하게 내리자 소녀는 지상으로 미끄러져 내려가 붙들리고 말았다.

그때 귀에 익은 목소리가 들리더니 군사 나르사스가 난전의 안개를 뚫고 나타났다.

"다륜, 다륜!"

"여, 나르사스. 전하는 무사하시네. 한데 지금 기묘한 자를 하나 생포한 참이었지."

"그보다도 이대로 달려가 산 마누엘 성을 공격하세, 다륜."

"뭐야? 진심인가?"

다륜은 놀랐지만 즉시 벗의 의도를 이해했다. 오늘 두 부대의 충돌은 루시타니아군에게도 생각지 못한 우발적인 사태였을 것이다. 그리고 파르스군의 본영에는 이미 이 사실이 알려졌지만 아마 루시타니아군 쪽에서는 아직 사정을 모를 터. 이대로 파르스군이 산 마누엘 성에 쇄도하면 루시타니아군은 허를 찔린다. 도망쳐 돌아오는 아군을 구하기 위해 성문을 열어야만 할 테니, 그곳을 통해 성으로 돌입할 수도 있을 것이다. 만일 성문을 닫고 아군을 죽게 내버려둘 생각이라면 그건 그거대로 어쩔 수 없다. 다시금 성을 포위하고 공격하면 그만이다. 당초 예정대로 되는 것이다.

"그건 그렇다 쳐도 나르사스, 자네 언제부터 심모원려를 버리고 그렇게 되는 대로 용병을 하게 됐나?"

"되는 대로라니, 누가 들으면 오해하겠군. 임기응변이라 해주게."

아르슬란 휘하 최대의 용장과 최고의 지장은 웃음을 나누고, 아군을 손짓해 불러서는 그대로 말을 몰아 달려 나갔다.

IV

누구 하나 상상도 못했던 형태로 산 마누엘 성 공방전
이 개시되었다.

　루시타니아인들에게는 놀랄 만한 일이었다. 성 남쪽
에 모래 먼지가 일어났다. 아군이 사냥터에서 돌아오는
것치고는 모래 먼지가 많다고 생각하며 쳐다보고 있으
려니 금세 성문 앞으로 기마의 무리가 몰려온 것이다.
적과 아군이 한데 뒤얽혀 대열에 구별이 없었다.

　이때 성주 바르카시온 백작이 비정한 사람이었다면 성
밖의 아군이 울며불며 외쳐도 성문을 닫고 파르스군의
침입을 막아냈을 것이다. 그렇다기보다는 그 외에 성을
지키고 왕제 기스카르의 명령을 지킬 방법은 없었다.
그러나 바르카시온 백작은 망설였다. 닫힌 성문 밖에서
적에게 쫓긴 불행한 아군이 모조리 죽어가는 광경을 상
상하고, 이를 견딜 수가 없었다. 이리하여 바르카시온
백작이 망설이는 동안 사태는 돌이킬 수 없는 선을 넘고
말았다.

　파르스군의 선두에 선 다룬은 성문을 포위하려 했으나
성문이 닫히지 않는 것을 보고 창졸간에 판단을 바꾸었
다. 바르카시온 백작과는 대조적인 결단력이었다.

　"돌입하세, 나르사스!"

　어깨 너머로 선언하더니, 인마일체, 칠흑의 그림자가
되어 질주했다. 성으로 도망쳐 들어가려는 루시타니아

병사들과 서로 부딪치고 얽히고, 방해하려는 자를 베어 넘기며 다륜은 성내로 달려 들어가버렸다.

성벽과 망루 위에서 당황한 목소리가 울려 퍼졌다.

"문을, 문을 닫아라!"

바르카시온 백작은 겨우 명령했지만 성주의 명령을 실행하려던 병사는 밧줄을 끊기 위한 도끼를 치켜들었을 때 어디서인지도 모르게 날아온 화살에 목이 꿰뚫려 소리도 못 내고 성벽 아래로 떨어지고 말았다. 눈앞이 아찔해지는 난검, 난창, 노성, 규환 속에서 적도, 아군도 알아차리지 못했다. 성벽에 가장 가까운 위치에 우뚝 솟은 바위산 위에서, 이 거리에 화살을 날려 맞추는 신기를 펼친 젊은 사내가 대담하게 휘파람을 불더니 남색 눈동자에 회심의 표정을 짓고 있었음을······.

지상에서는 검과 창이 격돌을 되풀이하고 있었다.

다륜은 무거운 장창을 빙글빙글 돌려 루시타니아 기사 두 명을 안장 위에서 떨어뜨렸다. 성문 안팎은 소용돌이치는 갑주와 검과 창의 탁류에 관통당해 이제는 문을 닫을 수도 없었다.

다륜의 장창이 돌진하는 루시타니아 기사의 몸통을 꿰뚫었을 때 기세가 너무 강해 창이 손에서 부러지고 말았다. 부러진 창과 함께 루시타니아 기사는 흙먼지 속에 가라앉았다.

창을 잃은 다륜은 맨손에 장검을 뽑아 들었다. 지상에서 사냥감을 발견한 매가 천공 높은 곳에서 급강하하듯 장검은 격렬하게 빛나며 루시타니아 기사의 팔을 팔꿈치에서 양단했다.

다륜이라는 이름은 알 리 없겠지만 이 무시무시한 흑의기사를 쓰러뜨리고자 루시타니아 기사들이 마구잡이로 칼을 번뜩였다. 그러나 다륜의 장검이 일으키는 인혈의 폭풍만 더욱 처절해질 뿐이었다.

다륜에 이어 파르스인들이 갑주의 벽이 되어 나아갔다.

"네놈들 루시타니아인에게는 이 땅에서 죽을 권리조차 없다! 파르스의 흙은 파르스인을 장사 지내기 위해 있는 것이니."

그렇게 큰소리를 친 것은 자라반트였다. 그는 오른손에 창, 왼손에 방패를 들고 루시타니아 병사들 한복판으로 말을 몰아 들어갔다. 차슘 성 공략전에서 공을 세우지 못했으므로 젊은 파르스 기사는 의기충천했다.

그 큰소리를 알아듣고 속이 뒤틀렸는지 어떤지는 모르지만 루시타니아 기사 하나가 창과 함께 맹렬히 돌격했다.

자라반트는 거대한 창을 내밀어, 돌진하는 루시타니아 기사의 흉갑을 꿰뚫었다. 찌른 자의 완력과 찔린 자의 속도가 맞물려 창은 두꺼운 흉갑을 꿰뚫고 기사의 등으로 튀어나왔다.

이를 목격한 다륜이 외쳤다.

"조심하게, 자라반트!"

다륜은 적의 몸에 창을 빼앗겼으므로 자라반트가 무기를 잃고 위험에 빠지리라 여겼던 것이다.

"충고 고맙습니다, 다륜 경!"

큰 목소리로 대답한 자라반트는 마침 왼쪽에서 달려든 적을 곁눈질하더니 재빨리 방패를 움직였다. 무시무시한 힘이었다. 방패 일격에 안면이 박살 난 불행한 사내는 3가즈(약 3미터) 정도 허공을 날아가 지상에서 죽었다.

파르스군은 성문에서 속속 침입해 숫자가 늘어났으며 다륜을 중심으로 진형 비슷한 것까지 펼치기 시작했다.

"파르스의 신들이여, 당신들의 신도가 국토를 회복하고자 싸우고 있습니다. 바라옵건대 힘을 빌려주소서."

파르스의 기병이 고함을 질렀다.

"야샤스인(전군 돌격)!"

그들은 돌진했다. 창을 수평으로 겨누고, 검과 전투도끼를 쳐들고, 포석에 말발굽을 쩌렁쩌렁 울리며. 루시타니아 병사들도 포효를 지르며 이에 맞섰다.

창도 검도 도끼도 손까지도 금세 피로 물들고, 혈관에서 해방된 피가 갑주와 안장에 튀었다.

루시타니아 병사들은 용기와 신앙심에서 파르스 병사들에게 밀리지 않았다. 입을 모아 신의 이름을 외치며 침입하는 적들에게 맞섰다.

그러나 용기와 신앙심만으로는 메울 수 없는 것이 너무 많았다. 파르스군은 기세를 타고 있었으며 숫자도 훨씬 많았다. 루시타니아군이 1만 남짓한 데 반해 파르스군의 수는 열 배에 가까웠다. 물론 전원이 성내에 침입한 것은 아니었지만 숫자의 압력이란 매우 큰 것이다.

산 마누엘 성 내부는 이제 파르스의 마르단(전사)들이 개인적인 무용을 마음껏 발휘하는 자리로 변했다. 싸우기 위한 조건만 갖추어지면 파르스의 마르단들은 대륙공로 최강의 전사임을 그들은 실적으로 증명하고 있었다. 게다가 이곳에 모인 마르단들은 파르스에서도 특히 뛰어난 무용의 소유자들이었다. 루시타니아인들은 마치 베여나가는 잡초처럼 쓰러졌다.

바르카시온 백작은 부하들의 신뢰가 두터우며 덕망 있는 인물이었으나, 유감스럽게도 전장의 명장은 아니었다. 그의 지시나 명령은 전황이 진전되는 속도를 따라가지 못해 오히려 아군을 혼란에 빠뜨릴 뿐이었다.

신앙심 깊으며 또한 성주에게 충성하는 루시타니아 병사들은 아무리 불리해져도 도망치려 하지 않고 파르스의 맹공 앞에 차례차례 쓰러져갔다.

전투는 더욱 격렬하고 피비린내 나는 것으로 바뀌어갔다.

V

산 마누엘 성 공략전은 힘으로 밀어붙이는 유혈전일 뿐 세련된 작전이나 용병과는 무관하다고 여겨지는 면이 많다.

따라서 군사 나르사스의 존재도 이 전투에서는 존재감이 희미해지는 것 같으나, 애초에 그가 절묘한 판단을 내렸기에 샤흐리스탄 조우전이 산 마누엘 성 공략전으로 직결되어 단 하루 만에 성이 파르스군의 수중에 떨어졌던 것이다. 만일 나르사스가 결단하지 않았다면 파르스군은 왕태자 아르슬란의 안전을 확보한 시점에서 일단 칼을 거두었을 것이다. 그사이에 루시타니아군은 성으로 돌아가 성문을 굳게 잠그고 농성에 들어간다. 그리고 다시 밀려든 파르스군과 성벽을 사이에 둔 채 전투는 며칠에 걸쳐 이어졌을 것이 분명하다.

그렇게는 되지 않았다. 다륜의 표현을 빌자면 '되는대로 맡긴 용병'이 되겠지만 그렇지 않다는 것을 물론 그는 잘 안다.

그리고 또 한 가지.

"이미 낙성은 막을 수 없다. 그렇지만 성내의 병량을 이교도들에게 넘겨주어서는 안 된다. 유감스럽지만 태워버리도록."

바르카시온 백작의 명령으로 살아남은 기사 중 하나가 병량고에 불을 지르러 나갔으나 그때 이미 병량고는 나르사스의 손에 점거된 후였다. 성내의 양식은 그대로 파르스군의 수중에 떨어지고 말았다.

"나르사스는 좋은 집안 출신이면서 먹을 것에 집착하네."

알프리드는 웃으며 말했지만, 나르사스의 표현을 빌자면 무기가 없어도 지혜와 맨손으로 싸울 수 있다. 식량이 부족한 것만은 지혜로도 용기로도 어찌할 수 없다.

"왕태자 전하의 뜻이다. 항복하는 자는 살려주어라. 무기 없는 자는 죽이지 마라. 명령을 위반하는 자는 자신의 생명으로 대가를 치르게 될 것이다!"

잘 울리는 다륜의 목소리가 메아리쳤을 무렵 혈투는 거의 막바지에 이르렀다. 지상에 서거나 말 위에 앉은 자는 거의 파르스인이었다.

"함부로 죽이지 마라! 우리는 문명국인 파르스의 백성이다. 루시타니아인의 흉내를 내 여자와 아이들을 죽이거나 해서는 안 된다. 약탈도 금한다. 엄중히 명령한다."

약간의 비아냥거림을 담아 선고한 것은 '타히르' 키

슈바드였다. 이제는 필요가 없다 생각하고 쌍검을 칼집에 거둔 채 키슈바드는 말에서 내려왔다. 성벽에 기대 주저앉아 있는 루시타니아의 부상자들에게 다가갔다. 피투성이가 된 부상자들은 꼼짝도 못한 채 괴로워하며 숨을 토해내고 있었다.

"성주는 어디 있나?"

그렇게 질문을 받은 기사는 키슈바드를 증오에 가득 찬 눈으로 노려본 후 입에서 엄청난 양의 피를 토하고 고개를 떨구었다. 혀를 깨문 것이었다.

키슈바드의 어깨에서 아즈라일이 날개를 퍼덕였다. 멋들어진 수염을 기른 마르즈반은 입을 꾹 다문 채 애조 愛鳥의 날개를 슬쩍 두드려주었다.

"무서운 놈들이로군. 이래서는 항복할 놈이 전혀 없을지도 모르겠는걸."

키슈바드의 감상을 곧 파르스인 전원이 공유하게 되었다. 엘람은 왕태자 아르슬란과 나란히 말을 타고 성주의 모습을 찾다가 문득 외쳤다.

"전하, 저기!"

엘람이 가리킨 방향을 보고 아르슬란은 목소리와 호흡을 멈추었다.

그곳은 성벽 동남쪽에 있는 높은 탑이었으며 망루로 쓰이는 듯했다. 하지만 지금 그곳은 투신자살의 자리로 변했다. 드높은, 구슬픈 비명을 지르며 성내에 있던 얼마 안 되는 여성과 어린아이들이 몸을 던지고 있었다. 이교도의 손에 걸려 죽거나 수치를 당하느니 스스로 신의 곁에 가기를 선택한 것이리라.

목숨 있는 자들이 이를 버리기 위해 돌처럼 몸을 던지는 모습은 몇 순간 후 아르슬란의 생각을 마비시켰다. 흠칫 제정신을 차린 아르슬란은 한껏 고함을 질렀다.

"그만둬! 죽지 마라! 무사히 보내줄 테니 죽지 마라!"

주위의 기사들을 둘러보고 아르슬란은 다시 한 번 외쳤다.

"그들을 말려다오. 누가 저들을 루시타니아어로 설득해다오."

"어쩔 도리가 없습니다. 탑 입구는 안쪽에서 막아두었습니다. 지금 문을 부수는 중입니다만……."

그렇게 대답한 자는 나르사스였다. 그도 조치가 한발 늦는 경우가 있는 것이다.

마지막 사람이 허공에 몸을 던져 돌처럼 낙하했다. 착용한 갑주가 포석에 무겁게 울려 퍼졌다. 파르스인들은 어떤 이는 말에 타고, 어떤 이는 도보로 달려와 피를 흘리며 쓰러진 노인의 모습을 바라보았다.

"백작님! 바르카시온 백작님!"

비명에 가까운 목소리가 터졌다. 파르스인의 무리 안

에서 루시타니아인이 튀어나왔다. 다륜이 창으로 매달
아 사로잡았던 그 소녀였다. 지나치게 큰 갑옷 소리를
내며 백작의 곁에 무릎을 꿇고는 안아 일으키려 했다.

"백작님, 정신 차리십시오!"

"오오, 에투알. 살아 있었구나."

그렇게 말한 것처럼 보였으나, 어쩌면 간신히 입술만
움직였던 것인지도 모른다. 눈꺼풀이 내려오고 목 안에
서 조그만 소리가 나더니, 산 마누엘 성의 성주는 숨을
거두었다. 루시타니아의 수도에서 왕립도서관장을 지냈
더라면 틀림없이 평온한 평생을 보냈을 텐데, 먼 이국
에서 어울리지 않는 임무를 맡아 어울리지 않는 최후를
맞은 것이다.

눈물을 참는 눈으로 소녀가 고개를 들었다.

"백작님을 죽인 것이 어느 놈이냐!"

소녀가 외치고, 백작의 허리춤에 매달린 칼집에서 검
을 뽑아 들었다. 두 손으로 검을 오른쪽 어깨에 걸머지
듯 자세를 잡더니 주위의 파르스인들을 노려보았다.

"이름을 대고 나와라. 백작님의 원수를 갚아줄 테니
나와!"

"그자는 땅바닥에 떨어져 죽었다. 땅바닥을 벨 수는
없을 텐데?"

무뚝뚝하게 대답한 자는 투스였다. 왼쪽 어깨에 감은

쇠사슬은 붉게 물들어 있었다.

"닥쳐라!"

어지간한 파르스인보다도 유창한 파르스어로 외치며 소녀는 검을 쳐들었으나 물 흐르는 듯한 발걸음으로 전진한 키슈바드가 재빨리 검을 낚아채버렸다.

"어쩔 수 없지. 묶어라."

키슈바드가 명령하고 그의 부하 셋이 앞으로 나왔다.

무슨 짓이냐, 놔라, 놓지 못하겠느냐, 지저분한 이교도 놈들, 신벌이 내릴 것이다, 벼락에 맞을 것이다, 기사를 가축처럼 묶다니 무슨 짓이냐! 소녀는 마르얌어까지 섞어가며 온갖 악담을 퍼부었으나 원래 힘으로 저항할 수는 없었다. 금세 가죽끈에 묶이고 말았다.

"일단은 묶어두었사오나, 저 소녀를 어떻게 하는 것이 좋을는지요."

파랑기스가 물었다. 웃음을 참는 표정이었다. 루시타니아인 소녀의 행위는 엉망진창인 것처럼 보여도 파르스인의 마음에 신선한 공기를 불어넣어주는 효과가 있었다. 피에 굶주렸던 파르스인들은 탑에서의 집단자살을 눈앞에서 보고 전투의 광열狂熱은 식었으며 살육의 씁쓸한 뒷맛만이 남았다. 그런 기묘한 무거움을 소녀의 행위가 날려준 것 같았다. 물론 소녀는 외곬으로 행동했을 뿐이었겠지만.

소녀의 시야에 자신과 같은 또래의 소년이 비쳤다. 황금 투구를 오후 햇살에 반짝이며 당혹과 관심을 담아 루시타니아 소녀를 바라본다. 당장은 표현할 수 없는 매우 아름다운 색조의 눈동자가 소녀의 인상에 남았다. 소년이 입을 열었다.

"놓아주어도 별일은 없을 것 같네. 말과 물과 식량을 제공하고 풀어주세."

맹렬한 이의의 목소리가 터져나왔다. 다름 아닌 소녀의 입에서.

"이대로 돌아갈 수는 없다!"

"그럼 어떻게 하실 텐가?"

파랑기스가 물었다.

"나를 고문해라."

"고문이라?"

"그래. 채찍으로 쳐라. 달군 쇠꼬챙이로 찔러도 좋다. 물고문을 해도 좋다."

"왜 기꺼이 아픔을 감내하려 하시는지?"

파랑기스는 우스운 모양이었다. 놀리듯, 그러나 부드럽게 물었다.

"만일 내가 멀쩡히 돌아간다면 저주받을 이교도들이 정을 베풀어주었느냐고, 필경 이교도들과 내통하였을 거라고 의혹을 살 것이 분명하다. 신을 위해 목숨을 버리고 몸을 상처 입히는 것은 이알다바오트 신도로서 바라마, 어, 음…… 바라 마지않던 바다.”

파르스어 능력을 쥐어짜내 주장하더니 소녀는 도전하는 눈빛을 띠었다.

“자, 죽여라! 아니면 고문을 해라. 사지 멀쩡히 돌아가지 않을 테다!”

외치더니 팔을 묶인 채 두 다리를 쭉 뻗고 포석 위에 벌렁 드러누워버린다.

“왜 그러나? 손도 못 대겠느냐, 이교도 놈들아!”

비할 데 없는 용맹을 자랑하는 파르스 기사들이 얼굴만 마주 볼 뿐 손을 대려 하지 않았다. 아르슬란은 좋은 생각이 떠오르지 않는지 다륜이나 파랑기스와 낮은 목소리로 무언가를 의논했다.

기사들도 속삭였다.

“이봐, 루시타니아 여자는 다들 이렇게 괄괄하고 다루기 어려운 거야?”

“글쎄. 난 루시타니아 여자 중에는 아는 사람이 없지만 아마 이 여자애가 여간내기가 아닌 것 같은데.”

“아니야. 루시타니아에선 어느 여자나 다 이런지도 몰라. 루시타니아 야만족 놈들이 고국의 여자에게 진저리가 나서 파르스의 멋진 여자들을 탐내 원정을 왔을지도 모른다고.”

쓴웃음이 일어났다. 불도 아니고 피도 아닌, 이 쓴웃음이 산 마누엘 성 공략전의 종막을 장식했다.

VI

소녀는 지하감옥에 갇혔다. 묶이지는 않았지만 샤흐리스탄 평원 때부터 누적된 피로가 솟아나 싸늘하고 거친 돌바닥에 쪼그려 앉아 있었다. 파르스어와 루시타니아어로 한껏 욕을 퍼부어대기는 했으나 이제는 어휘가 바닥나고 말았다.

벽면의 등잔에 밝힌 불꽃이 아주 살짝 흔들리는 것은 이 지하에도 바깥 공기가 흐른다는 것을 나타냈다. 그 불꽃이 크게 흔들렸다. 자물쇠를 여는 소리가 나더니 두꺼운 삼나무 문이 열린 것이다. 소녀는 몸을 일으키고 긴장했다. 지쳐서 배가 고팠지만 기운을 잃은 것은 아니었다.

안으로 들어온 것은 황금 투구를 쓰고 있던 소년이었다. 물론 지금은 갑주를 벗고 평상복을 입었다. 시원한 흰색 파르스 여름옷이었으며 옷깃과 옷자락을 푸른색으로 물들였다.

손에는 도기 그릇을 들고 있었는데, 그곳에서는 매우 식욕을 자극하는 냄새가 풍겼다.

"배가 고프지? 스튜를 가져왔으니 좀 먹어봐."

"이교도의 음식 따위를 어떻게 먹으라고."

"그건 이상한걸."

아르슬란은 약간 쌀쌀맞게 웃음을 지어 보였다.

"너희 루시타니아인들은 파르스의 대지에서 결실을 맺은 밀과 과일을 약탈하여 먹고 있잖아. 힘으로 빼앗은 것이 아니라면 먹지 않겠다는 거야?"

"어쨌든 이교도의 지시는 받지 않겠다."

식욕을 종교적 관념으로 억눌렀을 때 젊고 건강한 육체가 반란을 일으켜 소녀의 배 속에서 벌레들이 크게 울었다. 소녀는 귀까지 새빨갛게 물들어 소년에게서 시선을 돌리고, 창졸간에 시치미를 떼지도 못한 채 언짢게 입을 다물었다. 웃음을 꾹 삼키고 소년은 소녀를 바라보았으며, 이윽고 설득하듯 말을 걸었다.

"이렇게 생각해보면 어떨까. 이것은 너에게는 적의 음식이지. 그러니 네가 이것을 먹으면 적의 음식이 줄어들게 되고. 너는 적에게 손해를 입힌 셈이야. 이것은 어엿한 무훈이 아닐까?"

소녀는 눈을 깜빡였다. 꼬박 백을 헤아릴 동안 입을 다물고만 있었으나, 겨우 자신을 수긍시킬 수 있었던 모양이었다.

"그렇군. 내가 이것을 먹으면 너희는 식량이 줄어 피

해를 본단 말이지."

"그렇지. 매우 많이."

"좋아. 너희 이교도에게 피해를 입히는 것은 곧 나의 기쁨이다."

선전포고를 하는 일국의 재상과도 같은 태도로 말한 소녀는 그릇을 받았다. 최대한 기품 있게 먹으려는 눈치였지만 숟가락은 아무래도 자꾸만 빨라졌다. 향기를 풍기는 양고기 스튜는 금세 소녀의 배 속으로 다 들어갔다. 한숨을 돌리자, 제 딴에는 감사 인사인지 헛기침을 한 소녀는 처음으로 이름을 댔다.

"나는 루시타니아의 수습기사 에투알이다. 본명은 에스텔이라고 하지만 이 이름은 버렸다."

"왜지? 괜찮으면 이유를 들려주겠어?"

"에스텔이란 여자 이름이다. 나는 기사 가문의 유일한 자식으로 태어났기에 기사가 되어 뒤를 이어야만 한다. 내가 기사가 되지 못하면 조부모님이나 몸종이나 영민들, 수많은 사람들이 어려움을 겪지."

"그래서 원정군에 참가했구나."

아르슬란의 물음에 소녀는 무겁게 고개를 끄덕였다.

"수습기사 자격으로 고국을 떠났다. 무훈을 세워 정식으로 기사 서임을 받아 귀국하면 우리 가문은 만만세지."

"그래도 너는 아직 이렇게 어린데. 내 여동생 정도 되는 나이 아니야?"

"넌 몇 살이지?"

"올해로 열다섯이 되는데."

"몇 월에?"

"9월에."

"그러면 내가 2개월 어른인데 여동생 취급을 당할 수는 없잖아!"

수습기사 에투알, 아니 소녀 에스텔은 분한 듯 그렇게 주장했다. 시선을 아르슬란에게서 빈 그릇으로 돌리고는 다시 아르슬란을 향하더니, 무언가 말하고 싶은 것이 있는 표정을 지었다.

"왜?"

"조금 더 너희의 병량을 축내고 싶어서."

"아, 한 그릇 더 달라는 말이구나. 미안해, 그것뿐이라서. 하지만 다른 것이 있으니까."

기름종이 꾸러미를 꺼내 아르슬란은 에스텔의 앞에 펼쳐주었다. 얇은 빵, 치즈, 말린 사과 같은 것들이 소녀의 앞에 나타났다. 치즈를 집어 든 소녀가 문득 물었다.

"기사들이 너에게 아주 정중하게 대하던데, 너는 신분이 높은 거야?"

한순간 망설인 후, 아르슬란이 고개를 끄덕이자 소녀의 눈동자가 관심의 빛을 머금었다.

"그럼 혹시 파르스 왕태자 아르슬란이라는 자를 본 적이 있어?"

"있지."

"왕궁에서?"

"꼭 왕궁만은 아니고. 거울이 있는 곳이라면 어디서든."

두 번 눈을 깜빡이고, 소녀는 아르슬란의 말뜻을 이해했다. 크게 벌어진 두 눈이 보통 크기로 돌아간 후 소녀는 두 손 검지를 머리 양옆에 가져다 댔다.

"이교도의 총대장이란 놈은 구부러진 뿔이 두 개 있고 입이 귀까지 찢어지고 뾰족한 까만색 꼬리가 있다던데."

"아, 그래? 어른이 되면 뿔이랑 꼬리가 날지도 모르겠는걸."

아르슬란이 웃자 에스텔은 두 손을 내리더니 자기 자신의 마음을 못다 헤아린 듯 동갑내기 소년을 바라보았다.

파르스의 궁정은 루시타니아의 궁정과 어지간히 기풍과 습관이 다른 걸까. 에스텔은 기사이기는 하지만 루시타니아의 국왕 폐하와는 대화를 나눈 적도 없다. 아주 멀리서 모습을 바라보고 많은 사람들과 함께 '국왕 폐하 만세'를 외친 적은 있지만. 파르스에서는 왕태자가 직접 지하감옥에 찾아와 포로에게 식사를 가져다주기도 하는 걸까.

그러나 입에 담은 것은 다른 말이었다.

"목도 마른데……."

"그럴 줄 알았지."

가죽 수통을 내밀어주자, 이를 받아들고 소녀는 입을 가져다 댔다. 촉촉함이 몸만이 아니라 마음의 일부에까지 퍼져가는 것 같았다.

"유별나구나, 너는."

"가끔 그런 말을 들어. 스스로는 잘 모르겠지만."

"임금님이니 왕자님이니 하는 자들은 좀 더 으스대면서 옥좌에 앉아 있는 법이지. 왕이 왕답지 못하니까 파르스는 수도를 빼앗긴 거야."

소녀의 비아냥거림에는 그리 악의가 담겨 있지는 않았다. 그러나 아르슬란은 흘려들을 수 없는 기분에 자연스레 표정이 굳었다.

"한 가지 확실히 해두자. 파르스가 루시타니아에 쳐들어갔을까, 루시타니아가 파르스에 쳐들어왔을까? 어느 쪽이지?"

아르슬란의 목소리는 조용했으나 그것은 이 소년이 분노를 억누르고 있기 때문이었다. 그 사실을 에스텔은 눈치챘으나 그녀는 그녀대로 반론하지 않을 수 없었다.

"분명 쳐들어간 것은 우리 루시타니아였어. 하지만 그건 너희 나라가 참된 신을 섬기지 않기 때문이지. 너희가 우상과 사신을 섬기지 않고 참된 신에게 귀의했다면 피는 흐르지 않았을걸?"

"거짓말."

아르슬란의 대답은 딱 부러졌다. 단정을 짓는 어조에 소녀가 발끈했다.

"거짓말이 아니야. 우리는 항상 신의 뜻에 따르는 이알다바오트 신의 신도야. 그러니까 이교도하고 싸우고 있잖아."

"만일 네 말이 옳다면 너희 루시타니아군은 어째서 마르얌 왕국을 침공했지? 그 나라 사람들은 이알다바오트 신을 믿고 있을 텐데. 너희와 마찬가지로."

"그건…… 그건, 마르얌의 신앙 방식이 잘못됐으니까."

"잘못됐다고 누가 말했지?"

"신께서 말씀하셨어."

아르슬란은 가만히 상대를 바라보았다.

"신이 그렇게 말한 것을 네가 들었어? 신의 목소리를 귀로 들었어? 그렇다면 그것이 틀림없는 신의 목소리라는 건 어떻게 알 수 있지?"

"그건 성직자들이……."

소녀의 목소리가 끊어지고, 소년의 목소리가 강해졌다.

"신을 모욕하는 것은 너희 자신이야. 아니, 너라고는 하지 않겠지만 루시타니아의 권력자들이지. 그들은 자신들의 욕망과 야심을 위해 신의 이름을 이용할 뿐이야."

"닥쳐! 닥쳐!"

소녀는 벌떡 일어났다. 분해서 두 눈에 눈물이 솟아났다. 자신들이 옳음을 부정당한 것이 분했으며, 여기에 반론할 수 없는 것이 분했다.

"나가. 너하고 나눌 이야기는 없어. 식사를 권했던 건 너니까 은혜로 생각하지도 않겠어."

"미안해. 잘난 척 너를 책망할 마음은 없었어."

소녀의 격정에 오히려 아르슬란은 냉정함을 되찾았다.

아르슬란은 지나칠 정도로 고분고분 사과하고, 일어나서 나가려 했으나 문득 발을 멈추었다.

"에투알. 넌 이알다바오트 교의 기도를 알아?"

"당연하지."

"그러면 내일 죽은 자에게 기도를 바쳐주지 않겠어? 적과 아군의 시신을 매장할 텐데, 루시타니아 사람들에게는 루시타니아어 기도가 필요할 테니까."

에스텔은 놀라 분한 마음도 한순간 잊어버렸다. 적의 시신을 매장한다고?

이교도의 시체는 방치해 들짐승의 먹이로 삼는 것이 루시타니아군의 방식인데. 이 파르스 왕태자는 얼마나 유별난 것일까. 아니면, 아니면 유별난 건 자신들 루시타니아인들 쪽인 걸까.

지하감옥 입구가 열렸다가 닫혔다. 아르슬란의 모습이 사라지고 발소리가 멀어져갔다. 패배감에 가까운 당혹감에 사로잡힌 채 에투알, 아니 에스텔은 다시 돌바닥에 주저앉았다. 문을 잠그는 소리가 들리지 않았던 것을 그녀는 알고 있었다. 왕자가 문단속을 잊어버리지 않았다는 것도 어째서인지 그녀는 알고 있었다. 일단 내일, 매장이 끝날 때까지는 얌전히 있자고 생각하고 에스텔은 벽에 등을 기댔다.

제 5 장 왕들과 왕족들

I

　동쪽에서 서쪽으로 햇빛이 움직이듯 루시타니아의 패
보는 엑바타나에 도달했다.
　『산 마누엘 성은 함락되고 성주 바르카시온 백작 이하
성내의 사람들은 대부분 전사 혹은 자결. 얼마 안 되는
부상자가 파르스군의 손에 구출되었을 뿐. 파르스군은
근시일 내로 산 마누엘 성을 떠날 것으로 보임……..』
　"이번에도 겨우 하루 만에 함락당했단 말이냐. 이 도
움도 안 되는 것들!"
　실망한 나머지 그렇게 욕설을 퍼붓고 기스카르는 '영
혼이여, 안식을.'이라고 기도를 읊었다. 신을 두려워해
서가 아니라 죽은 자들을 가슴 아파했기 때문이다. 바
르카시온 백작은 무장으로서의 능력은 둘째 치더라도

인간적으로는 존경해 마땅한 인물이었다.

"그 노인장에게는 서적을 관리하게 했으면 좋았을 것을, 성새의 수비를 맡긴 것이 잘못이었지. 보댕 그놈이 루시타니아에서도 마르얌에서도 파르스에서도 서적 관리권을 독점한 것이 화근이었어."

그러나 이곳에 없는 자의 책임을 운운해봤자 소용이 없었다. 기스카르는 불안에 안절부절못하는 신하들을 소집했으나, 회의석상에서는 일단 위협을 가했다.

"대륙공로에 땀과 피를 포석처럼 깔며 파르스인들이 밀려온다. 복수에 들끓어, 조상의 땅을 모조리 탈환하겠다고 눈에 불을 켠 채 말일세."

보두앵, 몽페라토 두 장군은 이미 각오했는지 꿈쩍하는 기색도 보이지 않았으나 다른 신하들은 술렁거렸다.

"경들에게 새삼 말해두겠네만, 이것이 존망의 순간임을 명심하게. 아트로파테네 회전에서의 승리 이후로 쌓아왔던 것들이 하루아침에 무너질 수도 있네. 자신을 억누르고, 비겁과 나태를 배제하고, 나 기스카르에게 힘을 보태주게. 알겠나, 경들?"

기스카르는 은근슬쩍 형왕의 존재를 무시했다. 신하들은 일제히 고개를 끄덕였으나 한 사람이 약간 불만스러운 목소리를 냈다.

"우리에게는 신의 가호가 있나이다. 이교도 놈들에게

패하다니, 그럴 리 없사옵니다."

"호오, 그러면 산 마누엘 성에는 신의 가호가 없었다는 겐가?"

대답이 궁색해진 신하를 노려보며 왕제는 어조에 힘을 주었다.

"쉽사리 신의 이름을 입에 담지 말라. 우선 인간이 힘을 다해야 비로소 신도 인간을 사랑하실 것이다. 자신을 구하겠다는 의지야말로 신의 마음에 보답하는 길을 여는 법이다."

물론 기스카르는 말만큼 신앙심이 깊지 않다. 루시타니아의 귀족도 장수도 관리도 평민도, 신 따위가 아닌 기스카르를 경배해야 한다. 이알다바오트 신이 전능하다면 이미 이노켄티스 왕을 명군으로 만들어주지 않았겠는가.

몽페라토와 보두앵 두 장군은 침착하게 왕제의 명령에 따르겠노라 맹세했다. 다른 귀족이나 신하들도 저마다 이에 따랐다. 기스카르는 압박감과 여유를 교묘하게 구사해 그들을 복종시키고 자신에 대한 신뢰를 높여, 거의 만족 속에 신하 일동을 해산시켰다.

"은가면 경이 돌아왔나이다."

그 보고가 기스카르에게 당도한 것은 점심 식사를 절반 이상 남기고 식탁에서 일어나려 했을 때였다.

"군을 이끌고 왔는가?"

"따르는 자는 1백 기 정도였사옵니다. 본인은 자불 성에 체류시켜두었노라 말했사옵니다."

기스카르의 왼쪽 눈꺼풀이 한순간 파르르 떨렸다.

'이 교활한 놈.'

이제는 자불 성을 자신의 근거지로 삼을 생각인가. 그리고 기스카르가 지금 자신을 죽이거나 벌할 리 없다고 얕잡아보는 것인가. 밉살스럽다고 생각하면서도 만나지 않을 수는 없었다. 동쪽에 대적이 있다. 서쪽에까지 적을 만들어놓을 수는 없다. 아르슬란을 맞아 싸우기 위해 왕도를 비웠더니 서쪽에서 쳐들어오는 일이 생긴다면 기스카르는 역사에 구제할 길 없는 무능력자로 기록되고 말 것이다.

기스카르 앞에 모습을 나타낸 은가면은 겉으로는 공손하게 인사를 올렸으나 목소리와 어조는 그리 공손하지 않았다.

"전해 듣기로는 루시타니아군은 동쪽의 요충지를 하나하나 잃고 안드라고라스의 자식놈은 왕도까지 오는 여정을 반쯤 돌파했다 하더이다."

"소문일 뿐일세. 예로부터 소문이란 우매의 묘목에 피는 독초일 뿐이라 하지 않던가. 자네는 그 독초가 이름난 꽃처럼 보이는가?"

기스카르의 비아냥거리는 어조는 은가면의 매끄러운 표면에 부딪쳐서 미끄러져 떨어지고 말았다. 기스카르는 새삼 상대의 표정을 뒤덮어 가려주는 가면이 가증스러웠다. 처음에 이 은가면과 만나 파르스 정복 이야기를 들었을 때 이후로 계속 느껴왔던 감정이다. 가면을 뒤집어쓴 본인이 얼굴에 흉터가 있기 때문이라고 하니 믿을 수밖에 없지만.

한편 히르메스도 딱히 기스카르에게 비아냥거리기 위해 일부러 엑바타나까지 온 것은 아니었다. 아르슬란 일당의 진군과 승리 소식은 히르메스를 서쪽 변방의 자불 성에서 느긋하게 체류하도록 놓아두지 않았던 것이다. '안드라고라스의 자식놈'에 비해 자신이 한 발짝이고 두 발짝이고 뒤처진 위치에 있음을 히르메스는 인정할 수밖에 없었다.

물론 그렇다고 자불 성을 버릴 수도 없다. 또한 1만 이상의 병력을 이끌고 돌아가면 의심암귀에 사로잡힌 루시타니아군이 입성을 거부할지도 모른다. 생각 끝에 삼에게 주둔군을 맡기고 왕도로 달려온 것이었다. 기스카르가 말을 마쳤을 때 은가면이 느닷없이 중대한 한마디를 던졌다.

"나의 본명은 히르메스라 하오. 아버지의 이름은 오스로에스."

"뭐야, 오스로에스?!"

"그렇소, 오스로에스. 이 이름을 가진 파르스의 샤오 중에서는 제5대에 해당하오. 아버지의 동생은 이름을 안드라고라스라 하며, 형을 시해하고 왕위를 찬탈한 극악무도한 자요."

기스카르는 침묵했다. 침묵의 무게가 놀라움의 크기를 나타내고 있었다. 예전에 그는 부하에게 은가면은 파르스의 왕족일지도 모른다고 농담을 한 적이 있었다. 그러나 그것이 사실이라면 이야기가 달라진다.

"어떤 사정이 있었나. 이야기를 자세히 들려주게."

"물론 그럴 생각이오."

히르메스의 입으로 기스카르는 파르스 왕실의 처참한 항쟁사를 들었다. 한 여자를 둘러싼 형제의 암투. 형을 살해한 동생. 찬탈. 미수로 그친 조카 살해. 루시타니아의 역사에도 꿀리지 않을 만큼 어두운 피의 색으로 점철된 왕조의 비사였다. 기스카르는 놀랐으나 히르메스의 이야기는 어디까지나 히르메스의 눈을 통한 것임을 염두에 두고 있었다. 은가면이 말을 마치자 약간 간격을 두고 기스카르가 물었다.

"그런데 왜 지금에 와서 정체를 밝힐 마음이 들었나? 그대는 무슨 생각을 하고 있지?"

"왕제 전하께는 여러 면에서 은혜를 입었소. 앞으로도

피차 굳은 결속으로 이익을 얻고자 하오. 비중지비秘中之秘를 털어놓은 것도 전하를 신뢰해서이고.”

은가면이 늘어놓은 기특한 말을 진심으로 믿을 만큼 루시타니아의 왕제는 녹록치 않았다.

질투로군.

기스카르는 은가면의 심정을 헤아려보았다. ‘안드라고라스의 자식놈’이라는 호칭이 이미 히르메스의 심리를 웅변하고 있었다. 아르슬란 따위를 대등한 경쟁 상대로 인정하겠느냐는 심정이리라. 그렇지만 현실의 정세는 히르메스의 긍지를 무시하고 혼자 나아가고만 있다.

이대로 사태가 진행된다면 아르슬란이 파르스의 군대와 백성을 재통일한 지도자, 구국의 영웅이 되고 만다. 그렇게 된 후 히르메스가 등장해 왕위의 정통성이 어쩌고저쩌고 떠들어봤자 누가 상대해주겠는가. 아르슬란은 찬탈자의 자식이라고 해도 그가 실력으로 국토와 국민을 해방한다면 히르메스의 주장 따위 웃음거리만 되거나 무시당할 뿐이다. 히르메스는 그렇게 생각했기에 지금 자신의 존재를 밝혔을 것이다.

‘그렇다면 은가면 이놈, 루시타니아의 무력과 재략만으로는 아르슬란의 세력에 대항할 수 없겠다고 내다봤군.’

기스카르는 슬쩍 뺨을 일그러뜨렸다. 히르메스라 칭

하는 자의 의도는 온갖 의미에서 불쾌했다. 애초에 왕위의 정통성 따위를 내세운다면 형왕의 자리를 차지하려는 기스카르의 야심은 절대악이라는 소리가 되지 않는가.

다소 기괴한 심리가 기스카르를 사로잡았다. 그는 문득 이미 반년 이상에 걸쳐 지하감옥에 유폐된 안드라고라스를 떠올렸던 것이다. 만일 안드라고라스가 정말로 형왕을 시해하고 왕위를 이었다면 기스카르의 야심을 한발 먼저 실행한 셈이 아닌가. 안드라고라스의 말을 한번 들어보고 싶다는 생각을 하면서 기스카르는 입을 열었다.

"아르슬란은 4만 내지 5만의 군을 모아 이미 우리 군의 두 성을 돌파했네. 그대가 그 위세에 대항할 수 있겠는가?"

"위세라 할 것도 없소. 안드라고라스의 자식놈은 병력에 의존하고 있을 뿐이니."

"흐음. 은가면, 아니, 히르메스 경. 내 생각에는 병력이 많이 모였다면 나름대로 이유가 있을 테고, 모인 병사를 통제하는 데에도 나름대로 기량이 필요하지 않겠나?"

"안드라고라스의 자식놈에게는 아무런 힘도 없소. 측근들에게 빌붙어 조종당하고 있을 뿐이지. 기량이니 재능 이전의 문제요."

"과연. 잘 알겠네."

기스카르는 진심으로 고개를 끄덕이지는 않았다. 이 건에 관해 농담이나 비아냥거림이 통하지 않으리란 사실을 은가면 너머의 안광으로 이해했던 것이다. 기스카르도 왕족의 교양으로 검술을 배우기는 했으나 격발한 은가면에게 공격을 당했을 때 1대 1로 싸워 이길 자신은 없었다. 방 밖에 완전무장한 기사를 한 부대 대기시켜두기는 했으나 일부러 위험을 초래할 필요가 있겠는가.

히르메스의 아르슬란을 서로 싸우게 만들어, 이 사태를 파르스의 왕위 계승 쟁탈로 해결해버리는 수도 있기는 하지만 상황이 여기까지 온 이상 함부로 책략을 강구하느니 당초 예정대로 대군을 몰아 정면에서 아르슬란 왕태자의 군을 분쇄해버려야 할 것이다. 기스카르는 그렇게 생각하고, 아무런 언질도 주지 않은 채 일단 히르메스를 물러나게 했다.

II

"힘을 빌리고자 왔다."

오랜만에 맞이한 손님의 첫마디였다.

왕도 엑바타나 지하 깊숙한 곳이었다. 어둡고 싸늘하고 습기로 찬 석제 방이었다. 기괴한 서적의 무더기가 먼지 속에 우뚝 솟아 있고, 마도에 쓰이는 광물, 동물, 식물의 무리가 저마다 독기를 피워냈다. 그러한 독기가 뒤섞여 무색의 안개로 실내를 메우고 있는 것 같았다. 그중에 암회색 옷을 입은 사내가 있었다. 젊다. 고색창연한 낡은 그림에 새로이 가필한 초상화처럼 보였다.

"젊음과 힘을 회복했나? 참으로 기쁘겠군. 그렇다면 나라와 왕위를 회복하고 싶다는 나의 바람도 알 수 있지 않을까?"

약간 성급한 히르메스의 말을 마도사는 침착하게 받아들였다.

"내가 젊음과 힘을 회복한 것은 이를 쓰기 위해서일세. 인간의 몸은 곧 생명력의 그릇이며 젊음이란 그릇이 충만한 상태를 일컫지. 한번 수위가 낮아지면 다시 채우기란 쉽지 않다네."

외견은 히르메스와 같은 연배 내지는 그 이하로 보였다. 젊음을 회복한 마도사의 얼굴은 아름답게마저 보였다. 조화의 아름다움이 진짜 꽃을 능가한다면 말이지만. 언뜻 젊은 미장부가 노물 같은 말투를 쓰는 것은 기이하고도 기괴한 광경이었다.

"아트로파테네 회전을 재현하기를 바라는 겐가?"

"마도를 쓰지 않더라도 그 정도는 알 수 있나 보군."

"안다고 하여 반드시 수락하리라는 법은 없네. 아트로

파테네 회전을 다른 땅에 재현하여 나에게 무슨 이익이 있다는 겐가?"

조롱하듯, 또한 시치미를 떼듯 마도사가 묻자 히르메스는 은가면을 빛내며 대답했다.

"내가 정통한 왕위를 회복한 날에는 열 번 다시 태어나도 다 쓰지 못할 재화를 주마."

"누구의 재화지? 루시타니아군의 것인가?"

"따지고 보면 모두 파르스의 것이다."

"그대의 것이란 말이군."

"정통한 샤오의 것이다."

나직하게 웃은 마도사는 쓸모없는 문답을 끊었다. 잠시 뜸을 들이고, 혼잣말처럼 중얼거리기 시작했다.

"정직은 지상의 미덕이지 지하의 미덕은 아니네만, 뭐, 가끔은 그것도 나쁘지 않겠지. 그래서 정직하게 말하자면, 나도 아르슬란 놈의 일당에게 원한이 없지 않네. 나의 제자 둘이 놈의 부하에게 살해당했거든."

마도사의 시선이 어두운 방 한구석을 향해 움직였다. 과거 일곱 있던 제자들의 그림자가 지금은 이가 빠져 다섯이 되었다.

"미숙한 놈들이기는 했네만 나름 충실하고 도움이 되는 것들이었기에 나도 다소는 마음이 아프다네."

다섯 제자는 면목이 없다는 듯 고개를 숙였다. 히르메

스는 냉소를 은가면 속에 담아두었다.

"안드라고라스의 자식놈은 과분한 가신들을 거느리고 있지. 다소의 마도로는 대항할 수 없을 거다. 그대들은 자기 자신을 위해서라도 안드라고라스의 자식놈을 쓰러뜨려야 하지 않겠는가?"

마도사는 짐짓 고개를 가로저어 보였다.

"아니아니, 섣불리 판단하지 말게. 아르슬란이라 해도 날개가 달린 것은 아니고, 지금 당장 왕도에 쳐들어올 수도 없을 테니. 게다가 아르슬란이 어느 정도 강세를 띠는 것도 자네에게 그리 불이익만은 아닐 걸세."

"무슨 뜻인가?"

"이거 낭패로군. 그것까지 말해주어야 이해한단 말인가. 자네는 명민한 사내라고만 생각했거늘."

"……."

은가면 안에서 히르메스는 눈살을 찡그리고 생각에 잠겼다. 그것도 오랜 시간 이어지지는 않았다. 마도사의 자못 의미심장한 말을 이해했던 것이다. 다시 말해 아르슬란이 루시타니아군과 싸워 그 힘을 깎아준다는 뜻이다.

왕도 엑바타나 점령 후 루시타니아군은 도통 활약을 보이지 못했다. 아르슬란이 페샤와르 성에서 거병한 이후로 잇달아 두 곳의 성을 잃어 사기도 위신도 떨어지고 있다. 그러나 30만에 가까운 대군은 아직 건재하다. 이 병력이 온존된다면 궁극적으로는 루시타니아 전군의 추방을 노리는 히르메스에게 다소 불리하게 작용할 것이다.

아르슬란과 루시타니아군이 피에 물든 전투를 오래 끌어준다면 그사이에 히르메스가 왕도 엑바타나를 빼앗을 수도 있으리라. 그것은 루시타니아 왕제 기스카르가 은근히 두려워하는 일이기도 했다. 다만 그렇게 되면 공동의 적 히르메스를 타도하기 위해 아르슬란과 기스카르가 손을 잡는 어처구니없는 사태도 일어날 수 있다. 정체를 밝힌 것이 잘못이었다고는 생각하지 않으나, 정치란 난류이며 행방을 가늠하기 어렵다.

"속 편한 생각을 하고 있는 모양이구먼."

꿰뚫어 본 듯한 마도사의 목소리가 은가면을 통해 히르메스의 얼굴에 닿아 오한 같은 것을 일으켰다. 번뜩 두 눈과 가면을 빛냈을 뿐 '정통한 왕위 계승자'는 침묵을 지켰다.

마도사가 의미심장하게 웃은 대로 속 편한 생각임에는 틀림이 없다. 수중의 병력을 잃지도 않고 가까운 시일 내에 최후의 승리자가 되려 하다니.

마도사가 속삭였다.

"보검 루크나바드."

수백만 마디의 말이 자아내는 숲 속에서 가장 찬란한 한마디가 거두어져 히르메스의 눈앞에 날아왔다. 깜짝 놀란 듯 히르메스의 늘씬한 몸이 살짝 흔들려 어둡고 눅눅한 공기에 파도를 일으켰다. 말의 의미가 인간의 귀에 들리지 않는 소리를 내 히르메스의 온몸에 스며들어 간다.

"어떤가. 그 한마디면 내가 하려는 말을 이해했겠지?"

마도사가 새삼 확인할 필요도 없었다.

보검 루크나바드. 파르스 왕가의 시조인 영웅왕 카이 호스로가 애용한 검이다. 성검이라고도 하며 신검이라고도 한다. 카이 호스로는 이 검으로 사왕 자하크의 폭정을 타도하고 파르스 전토를 평정했다. 보검 루크나바드는 파르스의 국토와 왕권과 정의를 수호하는, 신들의 선물이라고 일컬어진다.

'카이 호스로 무훈시초'에 따르면 '무쇠마저 가르는 보검 루크나바드는 태양의 조각을 벼려낸 것'이라고 기록되어 있다. 그것은 곧 검의 형태를 한 불후의 건국 전설이다.

그런 보검 루크나바드를 손에 넣으라고, 마도사는 히르메스를 부추긴 것이었다. 히르메스의 두 눈이, 아니 두 눈 속에 담긴 의지가 은가면 너머로 강렬한 빛을 뿜어냈다. 말 없는 몇 순간 후 히르메스는 몸을 돌리고 있었다.

"방해했네. 조만간 또 만나지."

히르메스의 인사에 개성이 떨어진 것은 다른 데 정신이 팔렸기 때문이었다. 갑주 울리는 소리가 어둠 속에서 멀어져가자 마도사는 만들어낸 것 같은 단아한 얼굴에 만들어낸 것 같은 미소를 머금었다. 제자 중 하나가 결심한 것처럼 몸을 움직였다.

"존사님……"

"뭐냐. 말해보아라, 구르간."

"저자는 진심으로 카이 호스로의 무덤에 가 보검 루크나바드를 얻을 생각이온지요?"

마도사는 두 눈을 살짝 가늘게 떴다.

"얻고말고. 그대들이 말할 필요도 없이, 파르스의 왕권을 상징하는 것들 중 보검 루크나바드 이상 가는 물건이 있겠나."

자신이 파르스의 정통한 왕위 계승자이며 영웅왕 카이 호스로의 자손임을 히르메스가 얼마나 강렬하게 긍지로 삼아왔는가. 그것이야말로 고통과 증오로 점철된 그의 인생에 빛을 더해주었다. 만일 보검 루크나바드를 얻을 수만 있다면 히르메스의 명예욕은 지극히 만족될 것이 분명하다.

이번에는 다른 제자가 의문을 제기했다. 고스타함이라는 자였다.

"존사님, 역시 보검 루크나바드를 제거하지 않는 한 사왕 자하크 님의 재림은 이루어지지 않는 것이옵니까?"

"봉인이 너무나도 강하다. 의외로."

마도사는 솔직하게 자신의 계산이 틀렸음을 인정했다. 사왕 자하크가 마의 산 데마반트 아래 봉인되고 20년 후, 보검 루크나바드가 파헤쳐져 카이 호스로의 관에 안치되었다. 그로부터 300년 동안 스무 장의 석판이 하나하나 부서지고 사왕은 지표 바로 근처까지 올라왔을 것이다. 그러나 카이 호스로의 관 속에 보검 루크나바드가 있는 한 그 영력은 영웅왕의 영과 이어져 사왕을 속박한다. 관 속에서 보검을 꺼내 그 영력을 떼어내야만 할 것 같았다.

"어떠냐. 재미있지 않으냐? 카이 호스로 놈이 사왕 자하크 님의 치세에 저항하여 분수도 모르고 파르스를 지배한 지 300여 년. 선조가 봉인한 것을 자손이 제거하고 자하크 님의 재림에 힘을 보태주려 하니 말이다. 웃음을 금치 못하겠구나."

마도사의 제자들은 스승만큼 낙관적으로는 볼 수 없는 눈치였다. 흘끔 시선을 나누더니 구르간이 일동을 대표했다.

"외람된 말씀이오나 존사님. 한번 보검 루크나바드를 손에 얻는다면 히르메스 놈은 우리의 견제를 받지 않게 되는 것 아니옵니까?"

스승의 분노를 두려워했는지 조심스러운 한마디였으나 암회색 옷을 입은 마도사는 의외로 분노를 보이지 않았다.

"그렇지. 우리의 힘으로는 루크나바드의 영력에 대항할 수 없을지도 모르지."

"그렇다면 히르메스, 적이 될 자에게 힘을 보태주는 셈이 아니옵니까?"

"어리석구나, 그대들도. 재림하신 사왕 자하크 님께 히르메스 따위의 힘이 통할 것 같으냐."

"오오……."

환희와 수긍의 목소리가 일어났다. 암회색 옷을 입은 마도사는 목소리에 조용한 광열을 담았다.

"한번 사왕 자하크 님께서 재림하시면 보검 루크나바드도 부서진 열쇠일 뿐이다. 두 번 다시 사왕님을 봉인할 수는 없다. 그러니 카이 호스로의 자손놈으로 하여금 선조의 죄를, 사왕님께 저항한 대죄를 속죄케 해주는 게다."

다섯 제자들은 소리도 없이 일어나 공손히, 그러나 박쥐를 연상케 하는 기괴한 몸놀림으로 그들의 스승에게 경의를 표했다.

III

은가면 경, 즉 히르메스의 고백을 기스카르는 흘려들
은 꼴이 되었다. 정략이나 군략에서는 선택의 여지가
지나치게 많으면 오히려 움직임이 둔해지는 경우가 있
으며 당초의 예정을 갑자기 바꿀 수도 없다. 지금은 신
뢰하는 몽페라토와 보두앵을 이기게 만드는 것이 급선
무였다.

가공할 책모가 기스카르의 뇌리에 번뜩였던 것은 그날
한밤중이었다. 그는 동침하던 마르얌 여자가 갈색 눈을
크게 뜰 정도로 갑자기 웃음을 터뜨렸다.

"흐흐흐, 어째서 좀 더 일찍 이 생각을 하지 못했을
까. 나도 마음에 다소 수치심이 남아있었던 모양이군."

기스카르의 웃음은 어두웠다. 책모의 내용을 생각하
면 그것도 당연하다. 그것은 은가면, 즉 히르메스로 하
여금 기스카르의 형 이노켄티스를 살해하게 만든다는
것이었다.

히르메스가 호락호락 기스카르의 의도대로 움직여주
리라고는 생각할 수 없지만 그가 끌어안은 정통 의식을
교묘히 자극해 이노켄티스를 살해하도록 만드는 것은

불가능하지 않다. 기스카르는 그렇게 결론을 내렸다.

그리고 물론 이노켄티스를 살해한 히르메스를 그대로 두지는 않을 것이다. 루시타니아 국왕을 살해한 자는 루시타니아의 왕위 계승자에게 처벌받아야 한다. 왕위 계승자란 누구인가? 물론 왕제 기스카르 전하 아니겠는가. 이리하여 기스카르는 앞뒤의 적을 단숨에 정리할 수 있게 되는 셈이다.

"은가면 경은 무얼 하고 있나?"

침실에서 나온 기스카르는 근습近習에게 물었다. 몇몇 근습과 장교들 사이에서 보고가 오갔다. 겨우 기스카르에게 당도한 보고에 따르면 은가면은 왕도에 배정받은 저택에서 묵지 않고 밤이 되자 성 밖으로 나갔다고 한다. 왕제의 명령이라고 했으므로 성문을 지키던 병사도 말리지 않았다는 것이다. 물론 기스카르는 은가면에게 명령을 내린 적이 없다.

'그렇다면 이 기회에 지하감옥의 안드라고라스를 만나볼까?'

그런 생각이 기스카르를 사로잡았다. 이제까지 살려둔 귀중한 포로가 아닌가. 오로지 은가면의 복수욕을 만족시켜주기 위해서만 놓아두는 것도 아깝다. 이용하기에 따라서는 아르슬란 파벌과 히르메스 파벌로 분열된 파르스 왕당파를 더욱 분열시켜 혼미에 빠뜨릴 도구로 유용하게 쓸 수 있을지도 모른다.

과거 기스카르는 한 차례 안드라고라스와 대면을 시도했다가 은가면의 입김이 닿은 고문기술자 우두머리에게 거절당한 적이 있었다. 그러나 이번에 기스카르는 직속 기사를 대동하고 가서 고문기술자들을 위협하고 대면을 강요할 생각이었다.

하지만 그것은 날이 밝고 나서 해도 된다. 기스카르는 올라베리아라는 기사를 불러내 은가면을 추적하도록 명령했다.

"사로잡거나 연행해 돌아올 필요는 없다. 발견하면 몰래 뒤를 밟아 무슨 꿍꿍이인지를 확인하라."

"분부 받들겠나이다. 동료를 몇 명 데리고 가도 되겠사옵니까?"

"그건 그대에게 맡기지. 주의해서 다녀오라."

왕제의 명령과 묵직한 금화 자루를 받아 든 기사 올라베리아는 서둘러 나갔다.

날이 밝아 정무와 군무에 쫓기는 기스카르의 하루가 시작되었다. 하지만 저녁을 먹기 전에는 텅 빈 시간의 공동이 생겨, 기스카르는 직속 기사 여섯을 대동하고 지하감옥을 방문할 수 있었다.

협박과 금화가 교묘하게 쓰여 고문기술자들의 우두머리는 망설이면서도 마침내 기스카르의 요구에 굴복했다. 기스카르는 그들의 안내에 따라, 굴강한 기사들의 호위를 받으며 길고 긴 계단을 내려갔다. 그리고 석벽 앞에 주저앉은 포로와 겨우 대면했다.

"안드라고라스 왕인가? 처음 뵙겠네. 나는 루시타니아의 왕제 기스카르 공작이라는 자일세."

기스카르의 자기소개에 죄수는 반응을 보이지 않았나. 시이힌 냄새가 떠돌았다, 피와 땀, 온갖 오물이 뒤섞인, 표현하기 힘든 냄새였다. 머리카락도 수염도 자랄 대로 자라났으며 옷은 찢어지고 지극히 지저분했다. 천장으로 뻗은 오른팔은 벽에서 나온 굵은 쇠사슬에 묶여 있다. 왼팔은 축 늘어져 채찍과 호상의 흉터로 원래의 피부조차 보이지 않았다. 키가 큰 기스카르를 웃도는 거구는 지칠 대로 지친 야수처럼 보였다.

"식사는 주고 있겠지?"

말한 다음에야 기스카르는 자신의 질문이 어리석음을 깨달았다. 반년 이상이나 식사를 하지 않고 인간이 살아갈 수 있겠는가. 고문기술자는 실소를 흘리거나 하진 않았다. 감정이 마모되어 사라진 것처럼 억양 없는 목소리로 왕제에게 대답했다.

"고문에 견딜 만한 힘은 남겨두어야만 하므로 하루에

두 차례씩 꼬박꼬박 식사를 시키고 있습니다."

"흥. 왕으로서 주지육림酒池肉林을 누리던 몸이 참으로 안됐군."

자신의 목소리가 약간 갈라진 것처럼 들려 기스카르는 언짢아졌다. 기묘한 압박감을 느꼈던 것이다. 지하의, 어둡고 불길한 장소이기 때문이기도 하겠지만, 그러나 그 이상으로 안드라고라스 왕 본인이 강렬한 압박감을 기스카르에게 주고 있었다.

문득 그때까지 입을 다물고 있던 포로가 목소리를 냈다.

"루시타니아의 왕족이 내게 무슨 볼일인가."

그 목소리의 위압감 또한 보통이 아니었다. 기스카르는 무의식중에 반걸음 물러날 뻔했지만 겨우 자신을 억눌렀다.

"지금 그대의 조카를 만나고 온 참일세, 안드라고라스."

"조카……?"

"그래. 그대의 죽은 형 오스로에스가 남긴 아들로, 이름은 히르메스라 하지."

"히르메스는 죽었다."

"허어, 이거 참 재미있는 소리를 다 듣는군. 히르메스가 죽었다고? 그러면 지금 내가 만나고 온 건 누구인가?"

웃으려다가 기스카르의 웃음은 입에서 나오기 직전에 죽어버렸다. 루시타니아의 왕제는 가늘게 뜬 두 눈에 긴장과 의혹의 빛을 머금었다. 자랄 대로 자라나 시커멓게 늘어진 수염 속에서 안드라고라스 왕의 입술이 기묘하게 일그러져 있었다. 왕이야말로 웃고 있었던 것이다. 무엇이 우습냐고 말하려 했을 때, 안드라고라스가 먼저 입을 열었다.

"루시타니아의 왕제여. 그대는 진짜 히르메스를 알고 있나? 기괴한 은가면을 뒤집어쓴 자가, 자신을 히르메스라 칭했다 하여 진위를 확인할 방법이 그대에게는 있는가?"

"……."

"이름을 댔기에 믿었단 말이군. 그렇다면 루시타니아 인들은 참으로 정직한 자들이로고. 어떻게 나에게 이겼는지 신기할 따름이다."

도발이라 하기에는 무거운 어조였다. 기스카르의 이마에 땀방울이 빛났다. 기스카르는 우둔하지 않았다. 겁쟁이도 아니었다. 그러나 혀도 팔도 다리도 기묘하게 무거워 소유자의 생각대로 움직이질 않았다. 뇌리에 붉은 빛이 번뜩였다. 눈앞에 있는 이 사내, 파르스 샤오 안드라고라스 3세를 죽여버렸어야 했다고 생각했다. 지금 이 자리에서 죽여야 한다는 생각도 들었다.

이변은 느닷없이 일어났다.

무언가를 후려치는 듯 격렬한 소리가 나 일동은 숨을 멈추었다. 그들의 눈앞에서 쇠사슬이 허공으로 튀어 올랐다. 기묘한 소리는 안드라고라스를 묶어놓았던 쇠사슬이 뜯겨 날아가는 소리였던 것이다.

"조심해라!"

외쳤을 때 기스카르의 오른쪽 옆에서 막 검을 뽑으려던 루시타니아 기사가 절규하며 몸을 젖혔다. 기스카르는 한순간 그의 안면에서 피가 솟고 안구가 튀어나오는 모습을 본 것 같았다. 갑주 울리는 소리를 내며 기사가 바닥에 쓰러졌을 때는 이미 두 번째 기사가 쇠사슬에 희생되어 피와 비명을 뿜어냈다. 눈앞이 아찔할 정도로 기스카르의 주위에서 어둠과 빛과 음향이 터져 나왔다. 왼쪽에서 오른쪽에서 기사들이 쓰러져갔다. 기스카르 자신이 뽑은 검은 칼집을 떠난 순간 사슬에 감겨 빼앗기고 말았다.

이제 파르스의 샤오와 루시타니아의 왕제는 1대 1로 마주 서고 있었다.

"나바타이란 나라의 철쇄술이지. 잔지(흑인 노예)가 사슬에 묶인 몸으로 잔학한 주인에게 저항하기 위해 체득한 기술이라더군."

"으으으……."

기스카르는 신음했다. 패배감에 무릎에서 힘이 풀려 나갈 것 같았다. 그가 방심했던 걸까. 정황을 얕잡아보았던 걸까. 그러나 반년 이상이나 지하감옥에 갇혀 매일 고문을 받던 자가 몸을 옭아맨 쇠사슬을 뜯어내고 반격에 나서리라고 누가 상상할 수 있을까. 기스카르 왕제는 간신히 목소리를 밀어냈다.

"그, 그대는 괴물인가? 그만한 힘을, 어디에 감추고 있었지?"

"사슬을 끊어서 하는 말인가?"

피와 살점이 들러붙은 사슬을 안드라고라스가 철그렁 울렸다.

"황금과 달라 쇠는 부식하는 법. 반년에 걸쳐 같은 곳에 땀과 소변, 그리고 소금맛 수프를 배어들게 하면 결국에는 끊기 쉬워지지. 그건 그렇고……."

안드라고라스 왕은 앞으로 걸어 나와 쓰러진 루시타니아 기사의 손에서 검을 빼앗았다. 기스카르는 발이 바닥에 못 박힌 것처럼 움직이지 못했다. 당장에라도 검에 베일 것 같았다. 여기서 이런 죽임을 당하는 것인가. 우스우리만치 어리석은 최후가 아닌가. 자기 발로 사지에 발을 들이고 말다니.

그러나 샤오의 시선은 다른 방향으로 향하고 있었다.

"고문기술자는 이쪽으로 오라. 그대들의 샤오에게 범

한 죄를 갚게 해 주겠다."

그 목소리에 기스카르는 깨달았다. 고문기술자들은 도망치지 않았던 것이다. 싸구려 점토 인형처럼 멍하니 실내 한구석에 서 있었다. 기스카르와 마찬가지로, 아니 그 이상으로, 무시무시한 부활을 이룬 안드라고라스의 위압감에 짓눌렸던 것이다.

조종당하는 것처럼 고문기술자들이 다가와 몸을 웅크리고 꿇어 엎드렸다. 고문기술자의 우두머리는 이미 죽은 자인 것처럼 신음 소리를 냈다.

"샤오, 저의 처자식만은 살려주십시오……."

"좋다. 그대들의 처자식 따위에게는 관심도 없다."

검을 들어 휘두른다. 둔중한 소리를 내며 우두머리의 머리는 잘 익은 할보제(멜론)처럼 박살이 났다. 피 한 방울이 튀어 기스카르의 뺨에 묻었다.

검을 거둔 안드라고라스는 흘끔 곁눈질로 기스카르를 보았다.

"다른 자는 일어나라. 용서하기 어려운 죄이나 한 번만은 용서해주마. 만일 짐에게 충성을 맹세한다면 저기서 있는 루시타니아인을 포박하라."

피에 젖은 검의 끝이 기스카르를 향하자 목숨을 건진 고문기술자들은 홀린 듯한 눈으로 돌바닥에서 일어났다. 바로 조금 전까지 기스카르의 권력과 재력에 굽실거렸던 자들이 이제는 안드라고라스의 명령을 충실히 실행하는, 뼈와 살로 이루어진 꼭두각시가 되었다. 거구와 굵은 팔을 가진 여러 사내들에 에워싸여 기스카르는 속수무책으로 사슬에 묶이고 말았다.

"안심하라. 죽이지는 않을 테니. 그대는 소중한 인질이다. 짐과 왕비의 안전은 그대에게 달려 있느니라."

으스스한 여유를 보이며 안드라고라스는 그렇게 말하더니, 충실한 신하로 둔갑한 고문기술자들에게 오른팔을 내밀었다. 기술자 중 하나가 죽은 우두머리의 허리춤에서 열쇠 꾸러미를 떼어내 샤오의 오른손에 채워진 쇠고랑을 풀었다. 반년 만에 자유를 찾은 샤오의 오른쪽 손목은 피부만이 아니라 살점까지 벗겨졌으나 안드라고라스는 딱히 아픈 기색도 없이 슬쩍 손목을 털었을 뿐이었다.

"그러면 오랜만에 지상에 나가볼까."

그렇게 말하고 기스카르를 보았을 때, 처음으로 유폐의 나날에 대한 분노 같은 것이 샤오의 두 눈에 번뜩였다.

"사슬에 묶인 심정이 어떤가? 루시타니아의 왕제쯤 되는 분이 견디지 못할 리 없을 테지. 파르스의 샤오는 반년 이상이나 견뎌냈으니 말일세. 후후후…… 하하하."

IV

산 마누엘 성에서 아르슬란군이 체류한 시간은 극히 짧았다. 파르스 병사들의 매장은 카히나 파랑기스의 기도로, 루시타니아군민들의 매장은 수습기사 에투알, 즉 에스텔의 기도로 마쳤다. 그 후에는 병량과 무기를 모아 일찌감치 성을 떠난 것이다.

시체는 사라져도 시체 냄새는 남는다. 파르스인들은 그리 나약한 자들이 아니었는데도 견디기 어려운 기분이었다.

빈 성을 도적이 근거지로 삼거나 해선 훗날 난감해지므로 불을 질렀다. 성벽 내부가 시커먼 연기에 휩싸이는 모습을 지켜본 후 파르스군은 이동을 개시했다.

파르스군 내부에는 기묘한 일행이 있었다. 말에 탄 한 사람을 제외하면 모두 세 대의 우차에 나눠 탔으며 대부분이 건초와 모포 위에 누워 있었다. 전투의 소용돌이 속에서 간신히 구출된 루시타니아인들을 동행시켰던 것이다. 내버려두었다간 도적과 야수에게 습격당해 쇠약해지거나 죽어버릴 거라 생각해 아르슬란이 그렇게 하도록 지시했다.

"나르사스, 이런 짓을 하는 내가 어수룩한 사람이라고 생각하나?"

"주군을 두고 왈가왈부하는 즐거움은 참으로 얻기 힘든 것인 만큼 남용해서는 아니 된다 생각하옵니다."

왕태자의 진지한 질문에 젊은 군사는 장난스레 웃었다.

"전하 자신께서는 어떻게 생각하시고 그런 조치를 내리셨는지요?"

"나는 이렇게 생각했네. 천 명이 죽을 것을 구백 명에 그칠 수 있다면, 아주 조금이나마 그냥 내버려두는 것보다는 낫지 않겠느냐고. 하지만 그것은 역시 단순한 자기만족에 불과한 것일지도 모르네, 무언가 달리 방법이 있을지도 모르고……."

왕태자와 나란히 말을 타고 길을 나아가며 나르사스는 사려 깊은 시선을 초여름 하늘로 보냈다.

"전하의 천성이신지라, 마음에 두지 마시라고는 말씀드리지 않겠습니다. 그러나 지금 할 수 있는 최선을 다한 만큼, 그 이상은 타인의 방식에 맡겨두는 것도 필요하다고 생각합니다."

냉정하게 말한다면 루시타니아인들은 파르스인의 토지를 강탈하고 그곳에 자신들의 낙원을 세우려 했다. 여자든 아이들이든 루시타니아인이라 해도 약탈자라는 죄는 똑같이 지고 있다. 그러나 그렇게 달콤하고 이기적인 꿈을 꾸었던 것은 루시타니아의 권력자들이며, 여자와 아이들은 희생자라고도 할 수 있다. 아직 완전히 자신의 생각을 정리할 수는 없었지만 아르슬란은 그렇게 생각했다. 그리고 그 사실을 나르사스는 잘 알았으며, 아마 그 어수룩함이야말로 왕태자의 장점이리라 생각했다.

자신을 수습기사 에투알이라고 했던 소녀 에스텔은 아르슬란의 군대 안에 있었다. 물론 아르슬란의 편이 된 것은 아니었다. 여행에 견딜 만한 부상자나 병자, 노인, 임신 중인 여성, 아이에서 갓난아기까지 스무 명 정도 되는 생존자를 세 대의 우차에 나눠 싣고 자신은 말에 탄 채 그들 앞에 서 있었다. 여전히 몸에 맞지 않는 갑옷을 입고.

갓난아기가 울고 젊은 어머니가 젖이 나오지 않자 그릇을 들고 병량대에 달려가 물소 젖을 직접 짜냈다. 별로 익숙하지 않은 손놀림이었지만 열심히 약자의 수발을 들었다. 파르스인에게 에워싸인 루시타니아인의 조그만 집단에서 제대로 몸을 가눌 수 있는 사람은 에스텔 한 사람뿐이었다. 기사들이 전부 죽어버린 지금 수습기사가 책임을 다해야만 한다고 결심한 것이리라. 밤낮으로 열심히 뛰어다녔다.

"저 루시타니아 아가씨도 좀 변한 것 같군."

"하지만 제법 기특하지 않나? 기왕 살아났으니 무사해줬으면 좋겠네."

다룬도 키슈바드도 산 마누엘 성을 공략하는 전투의

최종 단계에서 참으로 뒷맛 씁쓸한 경험을 했다. 그들의 책임은 아니라 해도. 그것이 에스텔의 존재 덕에 구원을 받은 기분이 드는 것이다.

아르슬란도 그랬다.

어렸을 적 아르슬란은 유모 부부에게 양육되어 왕궁 밖에서 생활했다. 마당이나 골목에서 같은 연배의 아이들과 놀았다. 그중에는 아자트 여자아이도 있었으며, 술래잡기를 하거나 숨바꼭질을 하거나, 아르슬란이 막 배운 글자를 포석 위에 곱돌로 쓰고 모두 다 함께 큰 소리로 읽기도 했다. 가난해도 밝고 씩씩하고 친절한 아이들이었다.

왕궁에 들어가자 아르슬란의 주위에는 씩씩하고 무슨 일에나 열심인 여자아이들은 사라져 버렸다. 옷을 한껏 빼입은 요염하고 우아한 귀부인들이 왕궁에 드나들었으며, 아르슬란은 위화감과 고독감 속에서 멍청히 서 있을 수밖에 없었다. 그것이 파랑기스나 알프리드와 만나 변화했으며, 에스텔을 알게 된 후로는 어렸을 적에 같이 놀던 소녀들과 재회한 기분이 들었던 것이다. 외국의 소녀에게 아르슬란은 될 수 있는 한 많은 것을 해주고 싶었다.

에스텔도 고집스럽던 심경에 변화가 생기고 있었다.

'아무튼 지금은 죽음이나 보복은 생각하지 말자.'

에스텔에게 중요한 것은 찌들고 상처 입었으며 자신을 지킬 수도 없는 스무 명의 동포를 많은 동료들 곁으로 돌려보내는 일이었다. 수천, 아니 그 이상의 시신이 구멍에 들어가 흙에 덮이는 광경을 보고 에스텔은 생각했다. 이 이상 사람이 죽는 일은 없을 거라고. 적어도 기사가 아닌 사람들, 무기를 들지 않은 사람들이 죽는 일은 없을 거라고 생각했다. 그러나 그녀의 마음이 영 갈피를 잡지 못하고 구체적으로 어떻게 해야 좋을지를 알 수 없었을 때 우차를 마련해준 사람은 파르스 왕태자였으며, 다양한 조언을 해준 사람은 어둠색 머리카락과 녹색 눈동자를 가진 아름다운 이교의 여신관이었다. 처음에 에스텔은 그녀가 이교의 성직자라는 말에 반발했으나 임산부나 갓난아기를 도와주는 데에는 역시 감사할 수밖에 없었다. 이교도에게서 받은 것도 은혜는 은혜다. 약한 자들을 내팽개쳐 버리면 그들은 죽을 수밖에 없다.

왜 아직 소년인 왕태자를 충실하게 섬기느냐고 에스텔이 물었을 때 파랑기스는 이렇게 대답했다.

"옥좌에는 자신의 의지가 없지. 앉은 자에 따라 정의의 의자가 되기도 하고, 악덕의 자리가 되기도 하네. 신이 아닌 인간이 정치를 행하는 이상 완벽할 수는 없겠지만 이에 가까워지려는 노력을 태만히 하면 아무도 막지 못한 채 왕은 악으로 가는 내리막길을 굴러떨어지지 않겠나. 왕태자 전하께서는 언제나 노력하고 계신다네. 섬기는 자들의 눈에는 그 사실이 똑똑히 보이지. 무엇과도 바꿀 수 없는 분이라 생각하기에 모두들 기꺼이 섬기려는 것일세."

반면 그토록 싫어하는 파르스의 언어를 왜 배웠느냐는 파랑기스의 질문에 에스텔은 이렇게 대답했다.

"내가 파르스어를 배운 것은 루시타니아에, 조국에 도움이 되고 싶어서였다. 파르스어를 알면 너희 이교도가 무슨 짓을 꾸미는지 금방 판단할 수 있으니까. 여차하면 너희의 작전이나 계략을 아군에게 알려줄 수도 있으니 최대한 조심하는 게 좋을걸."

일부러 밉살맞은 소리를 했다. 누가 친하게 지낼 줄 아느냐고 오기를 부리는 것 같기도 했다.

"참 얄미운 계집애야. 그렇게 파르스인이 싫으면 안 따라오면 되잖아."

알프리드는 처음엔 그렇게 내뱉었지만 매일 약자를 위해 노력하는 에스텔의 모습을 보고 있으려니 내버려둘 수가 없었던 모양이었다. 원래부터 정이 많은 아가씨였으므로 입으로는 이러쿵저러쿵하면서도 여러모로 에스텔을 도와주게 되었다.

"아~ 진짜 못 봐주겠네. 갓난아기는 이렇게 안는 거야. 봐. 안는 사람도 몸을 천천히 흔드니까 마음이 놓여서 안 울잖아."

알프리드는 조트 족 마을에서 조그만 아이들을 돌봐주
있던 경험이 있었다.

"자자, 아가야. 그만 울렴. 그렇게 약골이면 훌륭한
도적이 되지 못해요."

"무슨 소리야! 이 아기는 훌륭한 루시타니아의 기사가
될 거다. 도적이 되면 어떡하나!"

"기사가 되려고 해도 약골이면 안 되잖아."

"그런 문제가 아니야!"

티격태격하는 소녀들을 보며 연장자인 파랑기스가 쿡
쿡 웃었다.

"그대들을 보고 있으니 싫증이 나질 않는군."

번역하자면 '참으로 사이가 좋군.' 이라는 말이었다.

V

하늘을 가르듯 매 한 마리가 날고 있었다. 눈이 따가
울 정도로 새파란 하늘에서 구름을 붙잡으려는 듯이 솟
았다가 몸을 돌려선 산자락 저편으로 내려앉는다.

"거 훌륭한 매인걸."

조트 족의 젊은이가 감탄했다. 이름은 메르레인이라
고 하는 열아홉 살의 청년으로, 외국 마르얌에서 내해

를 건너온 이리나 공주 일행과 함께 공로를 피해 여행을 하고 있었다.

메르레인은 몰랐다. 그 매가 아즈라일이라는 이름을 가졌다는 것과, 내려앉은 산령 너머에 파르스군이 있고, 그의 여동생이 루시타니아인 갓난아기를 달래주고 있다는 사실을.

마르얌인들의 여행은 달팽이와 친구가 될 수 있을 정도로 느렸다. 대륙공로로 나가 신속하게 이동해야 한다고 메르레인에게 불평을 늘어놓는 사람도 있었다.

"루시타니아군에게 들켜도 된다면 그렇게 하지."

메르레인은 쌀쌀맞게 내쳤다. 애초에 여행이 늦어지는 이유는 마르얌인들이 말을 가져오질 않아 도보나 가마에 의존할 수밖에 없기 때문이었다. 쓸데없는 짐도 잔뜩 있고, 신분 높은 자들은 걷는 데 익숙하질 않아 조금만 걸으면 쉬고 싶어했다. 여행이 늦어지는 이유를 메르레인 탓으로 돌리면 화가 난다.

"메르레인 님께는 정말로 감사드리고 있습니다. 히르메스 님을 뵈면 반드시 후히 사례하겠습니다."

언젠가 앞을 못 보는 마르얌 공주가 그렇게 말한 적이 있었다.

"딱히 사례가 탐나 한 일은 아뇨. 댁을 히르메스인지 하는 놈에게 데려다 주면 난 동생을 찾아서 마을로 돌아갈 거요.”

메르레인은 부루퉁 언짢게 대답했다. 딱히 언짢은 것은 아니었지만 남의 눈에는 그렇게 보이는 것이 이 젊은이가 손해를 보는 점이다.

‘내가 지금 뭘 하고 있는 거람.’

메르레인은 그런 생각이 들었다. 원래는 외국의 공주를 사랑하는 사람에게 안내해주고, 행방이 묘연해진 여동생을 찾아서 마을로 돌아가 족장 계승 문제를 해결해야만 한다.

‘그런데도, 나 참. 이게 무슨 짓인지.’

이리나 공주에게 동경 같은 마음이 있는 것은 사실이다. 왈가닥 여동생과는 천지 차이라는 생각이 들었다.

그러나 좋아한다는 감정과는 조금 달랐다. 내버려둘 수는 없지 않느냐는 기분이 드는 것이다. 다이람 지방에서 만난 애꾸눈 사내는 메르레인이 공주에게 반했기 때문이라고 단정 지은 눈치였지만 그것은 얄팍한 견해라고 메르레인은 생각했다. 애초에 자신의 마음을 자신이 제일 잘 안다고 단정할 수는 없지만.

그 애꾸눈 사내는 지금쯤 어디를 떠돌고 있을까 생각하며 메르레인은 하늘을 높이 올려다보았다.

파르스의 마르즈반이었던 애꾸눈 쿠바드는 메르레인과 헤어진 후 태양이 떠오르는 방향으로 여행을 계속했다.

다르반드 내해 남쪽 기슭에서 그리 멀지 않은 산악지대를 여행하던 그는 이따금 후일의 전설에 소재가 될 만한 모험을 경험했으나 당사자에게는 소화 운동밖에 되질 않았다. 사람들을 만나면 '허풍선이 쿠바드' 다운 이야기를 떠들어대겠지만.

그런데 페샤와르 성에 도착하고 보니 아르슬란은 이미 떠난 후였다. 나르라이프 루샨을 비롯해 성을 지키는 사람들과는 쿠바드도 거의 면식이 없었다. 물론 명예로운 열두 마르즈반의 일원으로서 쿠바드의 용명은 널리 알려졌으나 이를 빌미로 주인 없는 성에 눌러앉는 것도 영 떨떠름했다.

"이거 혹시 아르슬란 왕자하곤 인연이 없는 거 아냐?"

쿠바드는 고개를 갸웃했다. 그가 남쪽으로 산을 넘어 대륙공로로 나갔더라면 금방 아르슬란과 만났을 것이다. 그러나 그렇게 하지 않았으므로 엇갈려버렸던 것이다.

"뭐, 됐어. 딱히 시간제한이 있는 것도 아니니까. 노자도 듬뿍 있으니 이번에는 서쪽으로 가 보지."

미련 없이 페샤와르 성에서 몸을 돌려 이번에는 대륙공로로 길을 잡았다. 페샤와르에 미녀가 있을 가능성은 희박하다고 생각했는지도 모른다.

같은 무렵, 홀로 말을 몰아 파르스 국내를 떠도는 사내가 있었다. 이 사내는 쿠바드와는 반대로 아르슬란군에서 떨어져 단독 행동을 하는 중이었다. 적갈색 머리카락과 남색 눈동자를 가진 떠돌이 악사는 산 마누엘 성에서 남몰래 먼 곳의 적을 화살로 거꾸러뜨리는 신기를 피력한 후 기수를 돌렸다.

그가 향한 곳은 마의 산 데마반트였다. 아르슬란이 이 산을 신경 쓰던 것이 떠올랐으며, 본인도 흥미가 있었던 것이다. 그리고 그가 서쪽에서 동쪽으로 잡은 진로도 이제는 루시타니아군이 소탕된 대륙공로였다.

여기에 또, 아르슬란군과 마주치지 않도록 주의하면서 100기 정도의 작은 집단으로 파르스의 평원을 달리는 사내가 있었다. 은가면을 쓴 기사였다. 파르스의 정통한 왕위 계승자를 자처하는 이 사내는 암회색 옷을 입은 마도사에게 귀띔을 받아 건국시조 카이 호스로의 무덤으로 가는 중이었다. 보검 루크나바드를 자신의 것으로 삼아 정통한 샤오라는 증거를 온 파르스에 보이려는 것이다.

그를 따라 말을 몰던 잔데는 은가면 경에게 충성을 맹세했으면서도 이번의 행동에는 다소 의문을 품고 있었다.

'딱히 전설의 검에 의지할 필요가 있겠는가? 히르메

스 전하는 틀림없는 파르스의 정통한 왕위 계승자인데. 물론 아르슬란과 비교해 현재의 세력은 약하지만, 그렇다면 과감한 책략을 세우면 될 게 아닌가. 이를테면 루시타니아의 왕제 기스카르와 1대 1로 만났을 때 검을 들이대고 인질로 삼는다거나.'

그러나 입 밖으로는 내지 않고 잔데는 히르메스를 따라 말을 몰았다. 자신이 생각한 것을 실행에 옮긴 자가 있으리라고는 생각도 못한 채.

이지팀 파르스 국내에서는 인간세계를 자아내는 무수한 실이 펼쳐져 있고, 여기에 이어진 사람들이 저마다 실을 감아올리거나 서로 얽히게 하는 것이었다. 모든 실이 풀리고 사람들이 있어야 할 곳에 정착하여 이상적인 직물을 자아낼 때까지는 아직 시간이 걸릴 것 같았다.

아니, 직물이 완성되리라는 법은 없다. 또한 그 직물은 완성될 때까지 실을 더욱 붉게 물들일 것이다.

VI

파르스 300여 년의 왕도이자 현재 루시타니아가 점령 중인 엑바타나는 겉으로는 평온한 것 같았다. 바자르(시장)가 열리고, 파르스인과 루시타니아인이 서로 반목하면서도 나름대로 질서를 유지한 채 사고팔고, 먹고 마시고, 노래하고 떠들어댄다. 루시타니아인은 무력을 내세워 지독하게 값을 깎으려 들지만 파르스인들도 처음부터 높은 값을 매겨 침략자의 끄나풀들에게 조금이라도 손해를 줄 자세였으니 제법 괜찮은 승부가 되었다.

그러나 왕궁을 중심으로 한 일각에서는 루시타니아인의 말단이나 파르스인들은 상상도 하지 못할 먹구름이 나직한 천둥소리를 내고 있었다.

신하들도 기사들도 병사들도 모두 낯빛이 창백해졌다. 왕제 기스카르가 인질이 된 것이다. 심지어 왕제를 인질로 삼은 자는 지하감옥에서 탈주한 파르스 샤오 안드라고라스라니. 지금 왕궁 내의 탑 하나가 안드라고라스에게 점거되었으며 왕제 기스카르도 그곳에 유폐된 상태였다.

"안드라고라스 놈을 죽여버렸어야 했어. 그랬더라면 오늘의 우환은 일어나지 않았을 텐데. 이번 일에 한해서는 대주교 보댕의 강경한 의견이 옳았군."

몽페라토가 한숨을 토했으나 후회해봤자 소용이 없었다.

그건 그렇다 쳐도 안드라고라스 왕의 강인함은 루시타니아인들의 상상을 초월했다. 반년 이상이나 사슬에 묶여 고문을 받아왔다고는 도저히 믿을 수 없었다. 안드라고라스가 농성 중인 방문까지 유혈의 길이 이어져 있었던 것이다. 이름 있는 기사들만 열 명 이상이 베였으며, 그 외의 병사들은 헤아릴 마음도 들지 않을 만큼 그의 호검豪劍에 희생되었다.

"아트로파테네에서 파르스의 흑의기사를 보았을 때 저만한 용사는 다시없겠다고 생각했네만, 안드라고라스는 그 흑의기사보다 강하면 강했지 약하진 않을 걸세."

진저리를 치듯 보두앵이 이마의 땀을 닦았다. 물론 안드라고라스가 계의 혼자서 왕궁 인가을 전거할 수 있었던 것은 그의 무용도 무용이지만 왕제 기스카르를 인질로 잡고 있었기 때문이었다. 루시타니아군은 궁전병을 준비했으나 왕제에게 맞을 것을 염려해 화살을 쏘지 못했다.

강행돌파한다면 안드라고라스 왕은 기스카르 공작을 죽일 것이다. 그러기 위한 인질이니 당연하다. 루시타니아라는 나라의 기둥은 국왕이 아닌 왕제임을 모든 이들이 잘 안다. 기스카르가 죽으면 아르슬란 군의 습격을 기다릴 것도 없이 루시타니아군은 와해된다. 보두앵도 몽페라토도 실전을 지휘하는 무장으로서라면 모를까, 정치적인 지도자로서는 기스카르에게 훨씬 미치지 못한다.

가령 안드라고라스를 포위하고 검과 화살로 조금씩 압

박을 가해 죽인다 하더라도 그 전에 기스카르가 목숨을 잃는다면 손쓸 도리가 없다. 국왕 이노켄티스 7세가 건재해봤자 아무 도움도 되지 않는다.

"차라리 왕제 전하가 아니라 쓸모도 없는 국왕이 인질이 되었으면 좋았을 것을. 그랬다면 무슨 책략이든 쓸 수 있었을 텐데."

이를 갈며 그렇게 중얼거리고는 황급히 농담이라며 얼버무리는 자도 있었다. 일일이 나무라는 자는 없었으나 그 말이 본심임은 모두가 잘 안다.

몽페라토와 보두앵 두 장군은 한 가지 계략을 짜내 '쓸모도 없는 국왕'의 방으로 담판을 지으러 갔다.

"국왕 폐하, 타흐미네라는 계집을 끌어내 주시옵소서. 그 여자를 우리의 인질로 삼아 안드라고라스와 교섭하고 왕제 전하를 구해내고자 하옵니다."

몽페라토는 국왕 이노켄티스 7세에게 그렇게 따졌다. 국왕의 낯빛은 푸른색에서 붉은색으로, 붉은색에서 푸른색으로 바뀌더니 마지막에는 보라색이 되었다. 마음의 동요가 그대로 얼굴에 드러났지만 태도는 한사코 바꾸려 하질 않았다. 타흐미네를 인질로 삼는다니 신이 용서치 않을 것이라고 우기며 양보할 줄을 몰랐다.

참다못한 몽페라토가 목소리를 높이려 했을 때 보두앵이 낯빛을 바꾸며 몸을 불쑥 내밀었다.

"애초에 처음부터 저희가 폐하께 아뢰지 않았나이까. 타흐미네라는 계집은 불길하다고. 지난 일은 어쩔 도리가 없사오나, 지금 폐하께서는 어느 쪽이 더 소중하십니까. 왕제 전하입니까, 이교도 여자입니까!"

아무리 이노켄티스라 해도 반론이 궁색해졌을 때, 향긋한 냄새가 흐르더니 빛의 분말이 세 남자 사이에 떠돌았다. 여섯 개의 눈이 같은 방향으로 향하고 같은 사람을 주시했다.

옆방으로 이어지는 입구에, 파르스의 왕비 타흐미네가 서 있었다.

"국왕 폐하. 소첩 타흐미네는 그만 폐하의 자애에 보답코자 하옵니다. 패망한 나라의 왕비 된 몸으로 어떤 끔찍한 대우를 받더라도 어쩔 수 없는 노릇이었거늘, 귀빈처럼 대접해 주셨지요."

그렇게 운을 띄웠다. 나이를 알아볼 수 없는 요사스러운 아름다움을 풍기는 파르스의 왕비는 지하감옥을 탈출한 남편을 설득하고 사태를 평화롭게 해결하겠다고 자청한 것이었다.

이노켄티스 7세의 얼굴에 반색이 떠오르는 것을 보고 보두앵 장군의 낯빛이 달라졌다.

"폐, 폐하, 이 여자에게 현혹당하셔서는 아니 되옵니다. 자유의 몸으로 안드라고라스를 찾아가기라도 했다가는 부부가 무슨 꿍꿍이를 꾸밀지 알 수 없나이다.”

“말을 삼가라, 보두앵!”

국왕의 목소리는 날카롭고 높아 두 장군은 고막에 못이 박히는 기분이었다.

“비열한 의구심이로구나. 연약한 여인이 피에 굶주린 포악한 남편을 찾아가 도리를 타이르고 사태를 해결해 주겠다지 않느냐. 신께서 굽어보고 계신다. 타흐미네의 기특한 마음에 짐은 감격의 눈물을 금할 수 없노라. 말리고 싶으나 말려서는 안 된다고 생각하기에 말리지 않겠다. 장군들도 짐의 아픈 마음을 헤아려다오.”

말이 끝나기도 전에 이노켄티스는 두 눈에서 눈물의 폭포를 쏟기 시작했다.

주군에게 깊이 고개를 숙이면서도 몽페라토와 보두앵은 공통된 절망을 마음속으로 중얼거리고 있었다.

‘틀렸군. 이건 도저히 말릴 방법이 없어.’

그러나 어쨌든 이리하여 멸망한 나라의 왕과 왕비는 재회한 것이었다.

“건강한 것 같아 기쁘오, 타흐미네. 나의 아내여.”

안드라고라스의 목소리를 들으며 타흐미네는 방 한가운데로 다가갔다. 희미한 발소리조차 내지 않았다. 비단 겉옷이 등불을 반사했다.

"바다흐샨 공작의 손에서 그대를 빼앗은 지 벌써 몇 년인가. 그동안 그대가 짐을 사랑한 적은 한 번도 없었지. 한번 마음을 닫으면 열 줄을 모르는 여인이니."

샤오의 온몸에서 주정酒精의 냄새가 풍기고 있었다. 반년 만에 나비드를 마셨을 뿐만 아니라 상처를 술로 씻어냈기 때문이었다. 수염이 자랄 대로 자란 머리는 투구를 쓰지는 않았지만 갑옷은 입고 있었다. 이러한 물건들은 모두 루시타니아인들에게 요구하여 가져오게 했다. 왕제 기스카르가 붙잡힌 이상 루시타니아 측에서도 어지간한 요구는 들어주지 않을 수 없었다.

"소첩은 그저 소첩의 자식이 소중할 따름이옵니다."

타흐미네의 나직한 목소리는 실내의 기온마저 낮추는 것 같았다.

"자식을 소중히 여기는 것은 어미로서 당연한 일이지."

성의가 부족한 남편의 대답에 갑자기 타흐미네의 어조가 격렬해졌다. 목소리가 높아졌다.

"자, 저의 아이를 돌려주시옵소서. 저의 아이를! 폐하께서 빼앗아간 나의 아이를 돌려주십시오……!"

아내의 격정을 무시하고 국왕은 애먼 방향을 바라보았다.

"루시타니아인이나 고문기술자들에게 들은 바로는 아르슬란이 동방 페샤와르에서 병사를 일으켜 엑바타나를 향해 진군하고 있다 하오. 아르슬란의 아비인 짐과 어미인 그대에게는 참으로 길한 소식이 아니겠소."

아르슬란의 이름은 타흐미네에게 아무런 온기도 가져다주지 못한 것 같았다. 격정은 찾아왔을 때와 마찬가지로 갑작스럽게 떠나버렸다. 등잔 불빛을 받은 비단 겉옷은 왕비의 매끄러운 피부 바깥쪽에서 반딧불을 자아낸 것 같은 빛을 뿌린 탓에 피비린내 나는 남편의 외견과는 대조적이었다.

"시간은 얼마든지 있소."

안드라고라스는 등받이가 없는 의자에 앉아 칼코등이와 갑주 울리는 소리를 실내에 가득 울렸다.

"타흐미네, 그대를 나의 것으로 삼는 데에도 시간을 들였소. 그대의 마음을 나의 것으로 만드는 데에는 십여 년을 들이고도 아직 성공하지 못했지. 그리고 아트로파테네에서 패배함으로써 이렇게 그대와 재회하는 데에도 시간이 필요했소. 기다리는 데에는 이력이 난 몸. 천천히 기다려 보겠소."

안드라고라스는 웃었다. 그 웃음소리가 먼 천둥소리처럼 울렸다.

넓은 방 한구석에서는 부활한 샤오의 충실한 노예로

탈바꿈한 고문기술자들이 안드라고라스의 가장 큰 무기를 감시하고 있었다. 포로가 되는 굴욕에 몸을 떨며 어쩔 도리도 없이 사슬에 묶여 있는, 바로 조금 전까지는 정복자였던 사내를.

루시타니아의 왕제 기스카르 공작을.

왕도 엑바타나에서 발생한 기괴한 사건을, 서쪽으로 나아가는 아르슬란 일행이 알 방법은 없었다.

5월에만 루시타니아군의 2개 성을 돌파해 성주를 쓰러뜨려 전과는 온 파르스에 널리 퍼져나갔다. 대륙공로는 승리로 직결되는 길인 것처럼 여겨졌다.

1파르상(약 5킬로미터)을 나아갈 때마다 달려오는 아군이 늘어났다. 그야말로 아이러니하게도 그중에는 아직 쿠바드의 늠름한 모습은 없었다.

"아군이 늘어나는 건 좋지만 군사 나리는 이래저래 머리가 아프겠군."

흑의기사 다륜이 놀리자 나르사스는 웃지도 않고 대답했다.

"세상에는 도시락도 지참하지 않고 소풍에 참가하려는 자들이 너무 많아. 난감할 따름이야."

두 사람의 대화를 들으며 아르슬란은 웃고 있었다. 그

는 앞으로 더욱 크고 더욱 두꺼운 벽에 직면하게 되겠지만, 이때는 아직 그 사실을 알 방법이 없었다.

5월 말일. 루시타니아인들의 우차에서 생명의 찬가가 요란하게 울려 퍼졌다. 임산부가 아기를 출산한 것이다. 임산부는 체력도 약해져 모자가 모두 생명이 위독했으나 출산을 거들었던 파랑기스와 알프리드 덕에 아기를 무사히 낳을 수 있었다.

"씩씩한 사내아이일세. 어떤 신을 믿더라도, 인간의 자비가 이 아이의 길을 비추기를."

파랑기스는 미소를 짓더니 조악하게 만든 배냇저고리로 감싼 갓난아기를 에스텔에게 안겨주었다.

에스텔의 눈에서 눈물이 흘러내렸다. 물론 분노나 슬픔의 눈물은 아니었다. 비참한 죽음이 무수히 쌓인 끝에 하나의 탄생이 찾아왔다. 그 사실이 국가와 종교가 만들어낸 가시덤불 틀을 넘어서 수습기사 소녀의 마음을 흔들었던 것이다.

아르슬란과 그의 군세는 왕도 엑바타나로 가는 길을 이미 3분의 1 답파했다.

……그 무렵, 파르스 북쪽의 광대한 초원지대에 전란의 그림자가 일어나 점점 짙어지며 남쪽으로 펼쳐지고

있었다.

 초원의 패자라 불리는 투란 왕국이었다. 대륙공로의
왕인 파르스와는 오랜 세월 동안 적국이었다.

아르슬란 전기 4

2014년 12월 10일 제1판 인쇄
2014년 12월 24일 제1판 발행

지음 다나카 요시키 | **일러스트** 야마다 아키히로 | **옮김** 김완

펴낸이 임광순 | **제작 디자인팀장** 오태철
담당편집자 황건수
편집1팀 황건수 · 정해권 · 오상현 · 김동규 · 신채윤
편집2팀 유승애 · 배민영 · 권소현 · 박예슬
디자인팀 박진아 · 정연지 · 이신애
국제팀 노석진 · 엄태진 | **마케팅팀** 김원진

펴낸곳 영상출판미디어(주)
등록번호 제 2002-000003호
주소 403-853 인천광역시 부평구 평천로 132 (청천동)
전화 032-505-2973(代) | **FAX** 032-505-2982

ISBN 979-11-319-0380-3
ISBN 979-11-319-0376-6 (세트)

ARSLAN SENKI SERIES VOL.4 KANKETSU KOURO
ⓒYoshiki Tanaka 2013
Illustrations copyright ⓒ Akihiro Yamada 2013
Korean translation rights arranged with KOBUNSHA CO., LTD.
through Japan UNI Agency, Inc., Tokyo and KOREA COPYRIGHT CENTER, Seoul

3일간의 행복

나의 삶에는, 앞으로 뭐 하나 좋은 일 따위는 없다고
한다. 수명의 "감정 가격"이 1년에 겨우 1만 엔뿐이였
던 것은 그 때문이다.

미래를 비관해 수명의 대부분을 팔아버린 나는, 얼마
안 되는 여생에서 행복을 잡으려고 혈안이 되지만
무엇을 해도 엉뚱한 결과를 낳는다. 헛돌기만 하는
나를 차가운 눈으로 바라보는 "감시원" 미야기. 그녀
를 위해서 사는 것이야말로 가장 행복한 것임을
깨달았을 때, 나의 수명은 2개월도 남지 않았다.

**인터넷에서 엄청난 화제를 모았던
에피소드가 마침내 서적화.
(원제 : 『수명을 팔았다. 1년당 1만 엔에.』)**

미아키 스가루 지음/ 현정수 옮김
문학으로 탐닉하는 엔터테인먼트

영혼을 회수해 새로운 삶으로 연결하는 사신과 죽음을
원동력으로 "사는" 일을 성실히 수행하는 네 영혼의 이야기

사람은, 영혼은 분명 죽음보다 강하다.

베이비 굿모닝

©2012 Yutaka Kono, You Shiina.
KADOKAWA CORPORATION, Tokyo.

"저는 사신입니다. 당신은 조금 전에 죽을 예
정이었습니다. 그런데 정말 죄송스러운 일이
지만 수명을 삼 일 더 연장했습니다."
여름의 병원. 입원 중인 소년 앞에 나타난 것
은 미니스커트에 하얀 티셔츠 차림의 소녀였
다. 사신에게는 매달 영혼을 얼마씩 모아야
한다는 '할당량'이 있고, 깨끗한 부분만 모아
다가 새로운 영혼으로 만든다 = '페트병의 재
활용 같은 것'이라고 하는데…….

"새로운 생명은 항상, 그것은 절망적일 정도
로 이상한 곳, 죽은 자들의 영향에서 벗어날
수 없는 곳에서 태어난다."

코노 유타카 지음 / 한신남 옮김
문학으로 탐닉하는 엔터테인먼트

일본 현지 누계 판매 부수 430만 부를 돌파한 인기작!
온라인 서점 알라딘 일본 소설 3위! 추리/미스터리 4위!

'만능감정사 Q의 사건부' 실사 영화화!
린다 리코 역으로 일본 인기 드라마 백야행의 히로인
아야세 하루카가 열연!

만능감정사 Q의 사건수첩 6

중소 공장이 만든 옷을 전 세계적으로 유명한 점포에서 유통시킬 수 있다고 호언장담하는 여자가 나타났다. 아마모리 카렌. 26세. 해외 경찰도 주시하는 그녀의 또 다른 얼굴은 바로 '만능위조사'였다. 그녀가 꾸미는 최신이자 최대의 위조품 MNC74란 무엇인가. 가마쿠라의 저택에 초대된 린다 리코를 기다린 것은, 이상하면서도 목적을 알 수 없는 수많은 감정 의뢰였다. 리코에게 최대의 라이벌이 등장한다. 오리지널 장편 'Q 시리즈' 제6탄!

만능감정사 VS 만능위조사
린다 리코에게 최강의 라이벌이 등장한다?!

ⓒKeisuke MATSUOKA 2010
カバーイラスト/ 清原紘
KADOKAWA CORPORATION, Tokyo.

마츠오카 케이스케 지음 /주원일 옮김
문학으로 탐닉하는 엔터테인먼트

제16회 전격소설대상 〈심사위원 장려상〉 수상작!

"당신이 제 운명의 상대라고, 오로지 당신을 사랑하는 것에 제가 태어난 의미가 있다고,
진심으로 믿어요. 하지만 당신이 저를 사랑하지 않는다면, 제가 이 세상에 태어난 의미의 절반 이상을
잃어버리고 말 거예요. 그러니 제발 부탁이에요. 제가 이곳에 있도록 허락해 주세요.
지금 당장 모든 결론을 내라고 강요하진 않겠어요. 언제까지고 기다릴 거예요.
그러니 제발 저를 사랑해 주세요. 저는 이제, 정말로, 거짓 없이, 진심으로, 울고 싶을 정도로,
비굴하리만큼, 당신에게 사랑받고 싶어요."

마치 비를 피할 곳을 찾는 것처럼, 모두가 자신이 머물 곳을 찾는 이야기.

창공시우 (蒼空時雨)

**"저는 사랑이 끝날 날을 생각하고 다른
사람을 사랑하거나 그러진 않아요."**
우연히 비를 피하다 시작된 애절한 사랑.

어느 날 밤, 마이바라 레오는 아파트 앞에 쓰러져 있는
여인, 유즈리하라 사야를 돕는다. 레오에게 돌아갈
곳이 없다고 털어놓는 사야. 그녀는 레오의 집에
얹혀살면서 레오의 마음속에 가득 찬 의심을 차츰차츰
풀어 나갔다. 그리고 마침내 레오의 마음이 사야에게
끌리기 시작했을 무렵, 그녀가 숨겨왔던 자신의
비밀을 이야기한다. 사야의 이야기를 듣고 놀라는
레오. 그러나 그에게도 중대한 비밀이 있었는데…….

**교묘하게 짜인 복선이 겹겹이
중첩된 에피소드를 통해 풀려나가는
신감각 청춘군상 스토리.
화조풍월 시리즈 제1탄**

nePOP

아야사키 슌 지음/ 엄태진 옮김
문학으로 탐닉하는 엔터테인먼트

제16회 전격소설 대상
〈미디어웍스 문고상〉 수상작!!

[映]암리타

"저를 사랑하고 있나요?"

독립영화 제작에 참가하게 된 예대생 후타미 아이이치.
그 영화는 천재로 유명하지만 종잡을 수 없는 성격의
여성, 사이하라 모하야가 감독을 맡은 작품이었다.
처음에는 그 천재라는 칭호에 반신반의했었지만,
후타미는 그녀의 콘티를 보자마자 그 매력에 빠져
놀랍게도 2일 이상 쉬지 않고 계속 읽게 되었다. 그녀가
촬영하는 영화, 그리고 그녀 자신에 대한 흥미가
후타미를 촬영에 몰입하게 한다.
그리고 결국 영화를 완성하게 되지만⋯⋯.

"우리가 만드는 영화는
무척 멋진 것이 될 거예요."

노자키 마도 지음 / 구자용 옮김
문학으로 탐닉하는 엔터테인먼트